NÉMÉSIS

AGATHA CHRISTIE

NÉMÉSIS

Traduit de l'anglais par Jean-André Rey

LIBRAIRIE DES CHAMPS-ÉLYSÉES

Ce roman a paru sous le titre original :

NEMESIS

INTRODUCTION

Assise dans son grand fauteuil, miss Marple regardait le feu d'un air songeur.

— Notre code est Némésis, répéta-t-elle à mi-voix.

Cette phrase était tirée d'une étrange lettre, écrite à son intention par un homme non moins étrange, juste avant sa mort.

Némésis... un nom qui lui rappelait le paysage enchanté de l'île Saint-Honoré : les palmiers, la mer bleue des Caraïbes... Et elle revoyait la nuit tragique où elle était partie chercher de l'aide pour sauver une vie.

Cette aide, elle l'avait réclamée avec insistance, et le nom qui lui était venu sur les lèvres était Némésis.

Maintenant, c'était à elle que l'on venait demander du secours, pour une raison mystérieuse et au sujet d'une affaire dont elle ne savait rien ! Tout cela paraissait impossible. Absolument impossible. Et pourtant...

D'autres fragments de la lettre lui revenaient en mémoire : *Je n'ai jamais oublié ce fameux soir où vous êtes venue me trouver... C'est pourquoi je souhaiterais que vous enquêtiez sur un certain crime...*

La lettre se terminait par une citation du Livre d'Amos ;

Que la Justice déferle comme les vagues
Et la Vertu comme un torrent éternel.

— Cela ne me paraît guère en rapport avec mes compétences, murmura la vieille demoiselle d'un air pensif.

I

MISS MARPLE LIT SON JOURNAL

Miss Jane Marple avait coutume de lire son second journal dans le courant de l'après-midi. On lui en apportait deux à domicile chaque matin, et elle en parcourait un en prenant son petit déjeuner, à condition toutefois qu'elle le reçût assez tôt. En effet, le jeune garçon qui en assurait la distribution était particulièrement fantaisiste dans l'organisation de sa tournée. Parfois aussi, il se faisait remplacer par un camarade, et chacun de ses collègues avait son idée personnelle quant à l'itinéraire à adopter. Peut-être évitait-on ainsi la monotonie, mais il est certain que les lecteurs qui souhaitaient glaner dans leur quotidien les nouvelles les plus importantes avant de se rendre à leur travail n'étaient guère satisfaits lorsqu'ils ne recevaient pas leur journal à temps. Par contre, les vieilles dames dont la vie s'écoulait, paisible, à St Mary Mead, préféraient en général lire tranquillement leur journal assises à la table du petit déjeuner.

Ce jour-là, miss Marple avait parcouru toute la première page, ainsi que quelques autres articles disséminés dans la feuille qu'elle avait baptisée la *Macédoine quotidienne*, allusion tant soit peu irrévérencieuse au fait que le *Daily Newsgiver*, à sa grande consternation, proposait maintenant des articles insipides sur la mode, les peines de cœur féminines et les concours d'enfants, sans oublier de faire grand étalage des lettres des lectrices. De sorte que, à l'exception de la première page, on avait réussi à reléguer les nouvelles dignes d'intérêt en d'obscurs recoins où il était impossible de les dénicher. Miss Marple, qui appartenait à la vieille génération, aimait mieux que ses journaux soient véritablement des organes d'information.

L'après-midi, après avoir déjeuné et s'être accordé un petit somme, elle avait ouvert le *Times* qui se prêtait encore à une lecture plus sérieuse, bien qu'il ait passablement évolué lui aussi et qu'il soit maintenant fort difficile d'y trouver ce que l'on cherchait. Au lieu de le feuilleter en commençant par la première page et de passer aux articles qui vous intéressaient particulièrement, vous deviez désormais vous accommoder, dans ce vénérable quotidien, d'invraisemblables et inexplicables solutions de continuité. Deux pages étaient soudain consacrées à un voyage à Capri agrémenté d'illustrations, et le sport y tenait une place beaucoup plus importante que par le passé. Les nouvelles judiciaires et la nécrologie étaient restées un peu plus conformes à la tradition. Les naissances, les mariages et les décès — qui avaient à une certaine époque accaparé l'attention de miss Marple — avaient émigré en un nouvel endroit, avant d'être récemment rejetés à la dernière page.

La vieille demoiselle s'absorba d'abord dans la lecture des principales informations qui s'étalaient à la une, mais elle ne s'y attarda pas outre mesure, car elles étaient sensiblement la réplique de ce qu'elle avait lu le matin même, quoique leur présentation soit plus austère. Puis elle retourna le journal, afin de jeter un coup d'œil rapide aux naissances, mariages et décès, se proposant après cela de rechercher la page consacrée à la correspondance où elle trouvait presque toujours quelque chose à son goût. Elle parcourait ensuite la chronique mondaine et les annonces de la salle des ventes, qui se trouvaient sur la même page. Il y avait aussi là un article scientifique, mais elle le laisserait de côté, car elle n'y comprenait généralement rien.

Elle passa rapidement sur les naissances. A son âge, elle ne pouvait guère connaître les gens qui avaient des bébés. Elle ne s'attarda pas non plus à la rubrique des mariages, la plupart des fils ou des filles de ses vieilles amies étant mariées depuis longtemps déjà. Par contre, elle accorda une attention plus soutenue à la liste des décès.

Alloway, Arden, Barton, Bedshaw, Carpentar, Clegg... Clegg ? Connaissait-elle quelqu'un de ce nom ? Elle ne le pensait pas. McDonald, Nicholson, Ormerod, Quantril... Grand Dieu ! C'était Elizabeth Quantril, décédée à l'âge de quatre-vingt-cinq ans. Elle la croyait morte depuis des siècles. Elle avait toujours été de santé si délicate que personne ne s'attendait à lui voir faire de vieux os. Race, Radley, Rafiel... Rafiel ? Ce nom lui paraissait familier. Rafiel, domicilié à Maidstone, Bedford Park. Ni fleurs ni couronnes. Jason Rafiel. C'était là un nom assez rare, mais il lui semblait bien l'avoir entendu quelque part. Ross, Ryland... Non, elle ne connaissait pas de Ryland.

Elle posa son journal, jeta un coup d'œil distrait aux mots croisés, tout en essayant de se rappeler pourquoi le nom de Rafiel lui paraissait familier.

— Ça me reviendra, murmura-t-elle, sachant par expérience à quoi s'en tenir sur les souvenirs des personnes âgées. Ça me reviendra sans aucun doute.

Elle tourna la tête vers la fenêtre et laissa errer un instant son regard sur le jardin. Ce jardin qui était pour elle, depuis bien des années, une source de joies mais qui avait également exigé d'elle un dur labeur. Maintenant, grâce à ces faiseurs d'embarras qu'étaient les médecins, il lui était défendu de le travailler. Elle avait bien essayé, une fois, de passer outre à cette interdiction, mais pour parvenir rapidement à la conclusion qu'il lui valait mieux, en fin de compte, se conformer aux prescriptions de la Faculté.

S'arrachant à la contemplation du jardin, elle poussa un soupir et se saisit du sac contenant son ouvrage. Elle en tira une petite veste d'enfant, dont le devant et le dos étaient terminés. Il lui fallait maintenant s'attaquer aux manches, tâche toujours délicate. Cette laine était très belle, pourtant. De la laine rose. Voyons, qu'est-ce que cela lui rappelait ? Ah oui ! Le nom qu'elle venait de lire dans le journal. La mer des Caraïbes, une plage de sable fin, du soleil à profusion... Et Mr Rafiel, bien sûr. Elle se rappelait très bien ces vacances à l'île Saint-Honoré ; elle s'était tricoté un joli cardigan avec une laine de la même teinte que celle-ci... C'était son neveu qui lui avait offert le voyage, et elle entendait encore sa nièce Joan — la femme de Raymond — lui recommander d'un air inquiet :

— N'allez surtout pas vous mêler encore de quelque crime, tante Jane.

En vérité, elle n'avait pas du tout cherché à se mêler d'un crime, elle y avait été poussée. C'était tout. Simplement à cause d'un vieux commandant à l'œil de verre qui avait insisté pour lui raconter de longues et ennuyeuses anecdotes. Pauvre major ! Quel était son nom, déjà ? Elle l'avait oublié. Mais elle se souvenait de Mr Rafiel et de sa secrétaire, Mrs... Mrs Walters — oui, c'était bien cela : Esther Walters — et du valet de chambre. Peu à peu, tout lui revenait. Mr Rafiel était donc mort. Il savait qu'il n'en avait plus pour longtemps, il le lui avait dit. Et il semblait même qu'il ait vécu plus longtemps que ne l'avaient prévu les médecins. Mais il avait une volonté de fer. Une énorme fortune, aussi.

Miss Marple continuait à tricoter, mais ses pensées étaient ailleurs. Elle songeait à feu Mr Rafiel. Il est vrai que ce n'était pas un homme que l'on pouvait oublier aisément. Il avait une forte personnalité, un caractère peu commode, et il était parfois d'une impolitesse flagrante. Cependant, personne ne s'en offusquait parce qu'il était riche. Outre sa secrétaire, il était partout accompagné de son valet de chambre, en réalité un masseur diplômé.

Cet homme était d'ailleurs, miss Marple se le rappelait, un personnage douteux, envers qui Mr Rafiel se montrait parfois assez dur. Mais lui non plus ne paraissait pas s'en soucier, toujours en raison de la fortune de son patron.

— Personne ne lui donnerait la moitié du salaire que je lui verse, et il le sait fort bien, avait déclaré un jour Mr Rafiel.

Miss Marple se demandait si Johnson — ou bien était-ce Jackson ? — était resté auprès de Mr Rafiel jusqu'au dernier jour, c'est-à-dire pendant un an et trois ou quatre mois. Sans doute pas. Le richissime Mr Rafiel aimait le changement. Il se lassait vite des gens qui gravitaient autour de lui, de leurs habitudes aussi bien que de leurs visages et de leurs voix. La vieille demoiselle comprenait assez bien cela, d'ailleurs, car elle-même avait parfois éprouvé le même sentiment à l'égard de son ancienne demoiselle de compagnie, gentille et dévouée certes, mais aussi un peu exaspérante.

— Ah ! soupira-t-elle, quel soulagement, depuis que...

Mon Dieu ! voilà qu'elle avait oublié le nom de son ex-employée. Miss Bishop ? Non, ce n'était pas ça. Pourquoi le nom de Bishop lui était-il venu à l'esprit ? Sa pensée revint à Mr Rafiel et à... Non, ce n'était pas Johnson, mais Jackson. Arthur Jackson.

— Seigneur, reprit-elle, à mi-voix, je m'embrouille toujours dans les noms propres. C'était miss Knight, bien entendu, et non miss Bishop. Pour quelle raison l'avais-je baptisée ainsi ?

La réponse lui vint enfin : à cause des échecs, évidemment.

— La prochaine fois, je suppose que je l'appellerai miss Castle ou miss Rook (1). Je me demande ce qu'est devenue Esther Walters, la charmante secrétaire de Mr Rafiel. A-t-elle hérité la fortune de son patron ?

Ce dernier, elle s'en souvenait, lui avait parlé d'une telle possibilité. A moins que ce ne fût Esther Walters elle-même. Comme il est difficile de se rappeler les faits avec exactitude ! La jeune femme avait beaucoup souffert de cette affaire des Caraïbes. Elle était veuve, et miss Marple espérait qu'elle était remariée avec un garçon digne de confiance. Pourtant, cela paraissait peu probable, car elle avait le don de

_____

(1) *The Bishop* : le fou. *The Knight* : le cavalier. *The Castle* (ou *Rook*) : la tour.

choisir toujours l'homme qui ne lui convenait pas.

Ni fleurs ni couronnes, avait stipulé Mr Rafiel. Miss Marple n'aurait pas songé, bien entendu, à lui faire envoyer des fleurs. Il aurait pu acheter toutes les pépinières d'Angleterre, s'il l'avait voulu. D'ailleurs, elle ne le connaissait pas suffisamment. Ils n'étaient nullement liés d'amitié. Ils étaient plutôt — comment dire ? — alliés. Oui, ils avaient été alliés pendant une très courte période. Une période extrêmement passionnante. Et il avait été un allié précieux. Elle s'en était tout de suite rendu compte quand elle était allée le trouver, en cette sombre nuit tropicale. Au début, il s'était gentiment moqué d'elle. Mais à la fin de leur entretien, il ne riait plus. Il avait fait ce qu'elle lui demandait et...

Miss Marple laissa échapper un autre soupir. Elle devait reconnaître que tout cela avait été passionnant, en un certain sens. Mais elle n'en avait jamais parlé à son neveu et à cette chère petite Joan, car elle était allée à l'encontre de leurs recommandations.

— Pauvre Mr Rafiel ! J'espère qu'il n'a pas souffert, murmura la vieille demoiselle en hochant la tête.

Il avait sans doute été soigné par d'éminents médecins qui avaient dû adoucir ses derniers instants. Par contre, il avait énormément souffert au cours de ces quelques semaines passées aux Caraïbes. C'était un homme courageux, et elle regrettait qu'il soit mort. Pourtant, elle ne savait pas comment il était en affaires. Impitoyable, sans doute. Agressif et dominateur. Mais ce devait être aussi un ami sûr. Et elle était persuadée qu'il y avait en lui une réelle bonté qu'il prenait soin de ne pas laisser paraître. Et maintenant, il avait disparu à jamais. Elle ignorait même s'il avait été marié, s'il avait eu des enfants.

Elle resta longtemps, cet après-midi-là, à se poser des questions sur Mr Rafiel. Elle ne l'avait pas revu, après son retour en Angleterre. Cependant, chose étrange, elle éprouvait l'impression d'être en quelque sorte en contact avec lui. Peut-être parce qu'ils avaient, ensemble, sauvé une vie humaine. Ou peut-être parce qu'ils se ressemblaient...

Miss Marple se sentit soudain effrayée par la pensée qui venait de lui traverser l'esprit.

— Serais-je, moi aussi, impitoyable ? dit-elle à mi-voix. Serait-ce là le lien qu'il pourrait y avoir entre nous ? Je n'y avais jamais songé, mais je crois que je pourrais l'être, en certaines circonstances.

La porte s'ouvrit. Une tête brune et bouclée fit son apparition. C'était Cherry, la jeune femme qui avait succédé à miss Knight.

— Vous disiez quelque chose ?

— Je parlais toute seule. Je me demandais s'il pourrait m'arriver d'être dure et impitoyable.

— Vous ? Sûrement pas. Vous êtes la bonté même.

— Et pourtant, je crois que je pourrais le devenir, le cas échéant.

La jeune femme fronça les sourcils et réfléchit un instant.

— Evidemment, en vous voyant là, occupée à votre ouvrage, avec toutes ces jolies choses que vous tricotez, on vous croirait aussi douce qu'un agneau. Mais, si c'était nécessaire, vous pourriez ressembler à une lionne, comme le jour où vous avez surpris le jeune Gary Hopkins en train de torturer son chat.

Miss Marple prit un air indécis. Elle ne se voyait pas tout à fait dans le rôle que Cherry voulait lui assigner. Certes, elle se rappelait l'irritation qu'elle éprouvait parfois à cause de miss Bishop — ou plutôt miss Knight —, mais ce sentiment ne se traduisait que par des remarques plus ou moins ironiques. Les lionnes, elles, ne cultivaient pas l'ironie ; elles rugissaient, bondissaient, déchiraient de leurs griffes.

Ce même soir, alors qu'elle se promenait à pas lents dans son jardin, miss Marple réfléchissait encore à cette question. C'était peut-être la vue d'un muflier qui venait de la lui remettre en mémoire. Elle avait maintes fois répété à George qu'elle ne voulait que des gueules-de-loup de couleur soufre, et non pas de ces horribles fleurs violettes que les jardiniers paraissent tellement apprécier.

— Jaune soufre, dit-elle à haute voix.

De l'autre côté de la grille qui donnait sur la rue, quelqu'un tourna la tête.

— Je vous demande pardon ?

— Je me parlais à moi-même, répondit miss Marple en regardant en direction de la grille.

Elle connaissait la plupart des gens, à St Mary Mead, au moins de vue. Mais elle ne se rappelait pas avoir jamais rencontré cette personne, une femme trapue vêtue d'une grosse jupe de tweed râpée, d'un chandail de couleur verte et d'une écharpe de laine.

— A mon âge, ce sont des choses qui arrivent, ajouta-t-elle.

— Vous avez là un bien beau jardin, fit remarquer l'inconnue.

— En ce moment, il n'est pas particulièrement beau. Ah ! quand je pouvais m'en occuper moi-même...

— Je comprends ce que vous pouvez ressentir. J'imagine que vous employez un de ces vieux bonshommes qui prétendent tout savoir. C'est parfois

14

vrai, mais souvent ils n'entendent absolument rien au jardinage.

— Habitez-vous ici ? demanda miss Marple d'un air étonné.

— Je loge chez Mrs Hastings. Je l'ai d'ailleurs entendue parler de vous. Vous êtes bien miss Marple, n'est-ce pas ?

— Oui.

— Moi, je m'appelle Bartlett. Miss Bartlett. Je tiens compagnie à Mrs Hastings et je m'occupe aussi de son jardin. Si vous aviez besoin de faire quelques semis, je serais ravie de vous accorder une heure ou deux. Et je crois que je m'en tirerais mieux que votre jardinier actuel.

— Ce n'est vraiment pas difficile, soupira miss Marple. Ce sont surtout les fleurs que j'aime. Je ne me soucie pas beaucoup des légumes.

— J'en fais pousser quelques-uns pour Mrs Hastings. C'est une tâche ingrate mais nécessaire. Eh bien, il faut maintenant que je poursuive mon chemin.

Ses yeux dévisagèrent miss Marple comme si elle tenait à bien se souvenir d'elle, puis elle lui adressa un salut cordial et s'éloigna d'un pas lourd.

Mrs Hastings ? La vieille demoiselle ne pouvait se rappeler personne de ce nom. Il devait s'agir d'une des locataires qui avaient emménagé l'année précédente dans ces maisons neuves de Gibraltar Road. Elle jeta un coup d'œil attristé à ses gueules-de-loup, aperçut quelques mauvaises herbes qu'elle aurait bien voulu arracher et des gourmands qui auraient eu besoin d'un coup de sécateur, mais elle résista stoïquement à la tentation et reprit le chemin de la maison.

Sa pensée revint encore à Mr Rafiel. Ils avaient

été, lui et elle... Quel était donc le titre de ce livre qu'on citait si souvent quand elle était jeune ? *Navires dans la nuit*. Ça convenait assez bien, se dit-elle. Des navires qui passent dans la nuit...

Pauvre Mr Rafiel ! Aurait-il pu se montrer agréable, une fois qu'on était habitué à ses façons bourrues ? Miss Marple hocha la tête. Bah ! elle ferait mieux de le chasser de ses pensées.

Des bateaux qui voguent dans la nuit et se parlent
[au passage ;
Rien qu'un signal et une voix lointaine dans les
[ténèbres.

Il y avait des chances pour qu'elle l'oublie rapidement. Elle regarderait s'il y avait une notice nécrologique dans le *Times*, mais cela lui paraissait peu probable. Ce n'était pas une personnalité très connue. Il n'était pas célèbre, il n'était que riche. Il n'appartenait pas à la grande industrie. Ce n'était pas un financier de génie, ce n'était pas non plus un banquier en vue. Il avait seulement passé sa vie à acquérir une immense fortune.

II

NÉMÉSIS

Miss Marple prit entre ses doigts la lettre posée sur le plateau de son petit déjeuner et la considéra un instant d'un air intrigué. L'enveloppe portait le cachet de Londres, et l'adresse était dactylographiée. La vieille demoiselle l'ouvrit soigneusement à l'aide de son coupe-papier et en tira une feuille à l'en-tête de Broadribb et Schuster, notaires, dont l'étude se trouvait dans le quartier de Bloomsbury. On lui demandait, en termes courtois et ampoulés, de bien vouloir se présenter un jour de la semaine suivante — si possible le 24 —, afin de discuter d'une proposition qui pourrait s'avérer avantageuse pour elle. Si cette date ne lui convenait pas, elle voudrait bien en suggérer une autre. Broadribb et Schuster précisaient qu'ils étaient les hommes de loi de feu Mr Rafiel avec qui, croyaient-ils, elle avait été en relation.

Miss Marple, très intriguée, fronça les sourcils. Elle se leva en songeant à la missive qu'elle venait de recevoir et descendit au rez-de-chaussée en compagnie de Cherry, qui veillait à ce qu'elle n'ait pas d'accident en descendant l'escalier.

— Vous prenez grand soin de moi, Cherry, fit remarquer miss Marple.

— Il le faut bien. Les braves gens sont si rares !

— Merci du compliment, répondit la vieille demoiselle en posant le pied sur la dernière marche.

— J'espère que vous n'avez pas de mauvaises nouvelles ? Vous avez l'air un peu... émue.

— Rien de grave. Je viens simplement de recevoir une lettre inattendue, envoyée par un homme de loi de Londres.

— Personne ne vous intente un procès, n'est-ce pas ?

Cherry avait tendance à considérer les hommes de loi comme des personnages ne pouvant entraîner que des désastres.

— Oh ! certainement pas ! Il ne s'agit de rien de tel. On me demande seulement de me rendre à Londres dans le courant de la semaine prochaine.

— On vous a peut-être légué une fortune !

— Ça, c'est fort improbable.

— Ma foi, on ne sait jamais, répondit Cherry d'un ton plein d'espoir.

Miss Marple s'installa dans son fauteuil et prit son ouvrage, tout en considérant la possibilité que Mr Rafiel lui ait effectivement légué quelque chose. Mais cette hypothèse lui paraissait encore plus improbable qu'au moment où Cherry l'avait suggérée. Mr Rafiel n'était pas homme à agir de la sorte.

La vieille demoiselle était dans l'impossibilité de quitter St Mary Mead le jour prévu, car elle devait assister à une importante réunion du cercle féminin. Elle écrivit donc en proposant une autre date, et on lui répondit par retour du courrier pour lui confirmer le rendez-vous. La lettre était signée J.R. Broadribb, lequel paraissait être l'associé principal.

Il n'était pas exclu, se dit miss Marple, que Mr Rafiel lui ait légué un petit souvenir, peut-être un de ces ouvrages sur les fleurs, qui se trouvaient dans sa bibliothèque et qu'il avait pu juger susceptible de plaire à une vieille demoiselle passionnée d'horticulture. A moins qu'il ne s'agisse d'un camée monté en broche et ayant appartenu à une de ses grand-tantes. Pourtant, elle sentait que ces hypothèses n'étaient guère plausibles, car si Broadribb et Schuster étaient les exécuteurs testamentaires de Mr Rafiel, ils se seraient contentés de lui faire parvenir ce genre de legs par la poste. Ils n'auraient pas pris la peine de lui demander une entrevue.

— Bah ! murmura-t-elle, mardi prochain, je serai fixée.

— Je me demande à quoi elle ressemble, dit Mr Broadribb en levant les yeux vers la pendule.

— Elle devrait être là dans un quart d'heure,

répondit Mr Schuster. Croyez-vous qu'elle sera ponctuelle ?

— Je le crois. Elle a un certain âge et est certainement plus formaliste que les jeunes écervelées d'aujourd'hui.

— Rafiel ne vous a-t-il pas parlé d'elle ?

— Il s'est montré extrêmement réservé.

— Toute cette affaire me paraît étrange. Si seulement nous en savions un peu plus.

— Peut-être n'est-elle pas sans rapport avec Michael, suggéra Mr Broadribb d'un air pensif.

— Quoi ! Après tant d'années ? C'est impossible. Qu'est-ce qui a pu vous mettre cette idée en tête ? A-t-il mentionné...

— Il n'a rien mentionné et ne m'a pas fourni le moindre indice. Il s'est contenté de me donner ses instructions.

— J'ai l'impression qu'il était devenu un peu bizarre sur la fin.

— Pas le moins du monde. Sur le plan intellectuel, il était aussi brillant que par le passé. Sa mauvaise santé physique n'a jamais affecté son esprit. Rien qu'au cours des deux derniers mois, il a trouvé le moyen d'amasser deux cent mille livres supplémentaires.

— Il avait véritablement du génie, reconnut Mr Schuster d'un ton respectueux.

— Oui, il n'y a guère d'hommes comme lui.

Le téléphone intérieur se mit à bourdonner. Mr Schuster souleva le récepteur.

— Miss Jane Marple demande si Mr Broadribb peut la recevoir, dit une voix féminine.

Le notaire regarda son associé d'un air interrogateur. Mr Broadribb répondit d'un signe affirmatif.

— Faites-la entrer, répondit Mr Schuster dans l'appareil.

Miss Marple aperçut d'abord un monsieur d'âge mûr qui se leva à son entrée. Il était grand et maigre, avec un visage allongé et mélancolique. Ce devait être Mr Broadribb, et elle songea que son aspect physique était vraiment en contradiction avec son nom (1). Près de lui se tenait un homme plus jeune et plus replet, avec des cheveux noirs, de petits yeux perçants et un double menton.

— Mon associé Mr Schuster, présenta Mr Broadribb.

— J'espère que l'escalier ne vous a pas trop fatiguée, miss Marple.

Mr Schuster se disait que la visiteuse devait avoir au moins soixante-dix ans, sinon quatre-vingts.

— Je suis toujours un peu essoufflée quand je monte un escalier.

— Cet immeuble est extrêmement vieux, expliqua Mr Broadribb d'un ton d'excuse, et il n'y a pas d'ascenseur. Nous sommes installés ici depuis de nombreuses années, et nous n'avons peut-être pas autant de commodités que nos clients souhaiteraient en trouver.

Miss Marple prit place sur la chaise que lui avançait Mr Broadribb, tandis que Mr Schuster quittait discrètement la pièce. Elle était vêtue d'un tailleur de tweed et coiffée d'une petite toque de velours. « Le type même de la provinciale, songea le notaire. Je me demande où Rafiel avait bien pu la rencontrer. »

— Je suppose que vous avez hâte de connaître la raison de cette entrevue, dit-il avec un sourire en

(1) M. Largecôte.

20

déplaçant des papiers qui étaient posés devant lui. Vous avez, sans nul doute, entendu parler de la mort de Mr Rafiel.

— Je l'ai apprise par les journaux.

— J'ai cru comprendre que c'était un de vos amis.

— J'avais fait sa connaissance l'année dernière, aux Antilles.

— Je me souviens, en effet, qu'il y avait séjourné un certain temps pour raison de santé. Cela lui a peut-être fait du bien, mais il était déjà assez mal en point, comme vous le savez.

— C'est vrai.

— Le connaissiez-vous bien ?

— A vrai dire, non. Nous étions descendus dans le même hôtel, et il nous arrivait parfois de bavarder de choses et d'autres. Je ne l'ai pas revu après mon retour en Angleterre. Je mène une vie retirée à la campagne, alors qu'il était, je crois, très absorbé par ses affaires.

— Oui, il a continué pratiquement jusqu'au jour de sa mort. Il avait véritablement le génie de la finance.

— J'avais tout de suite compris que c'était un homme remarquable.

— Vous avait-il donné une idée de l'affaire que j'ai maintenant pour mission de vous exposer ?

— Je ne puis absolument pas imaginer de quoi il s'agit.

— Il avait une très haute opinion de vous.

Cette remarque était certes fort courtoise, mais peut-être pas très justifiée.

— Ainsi que vous devez vous en douter, il est mort à la tête d'une fortune considérable. Les clauses de son testament sont cependant assez simples, car il avait déjà disposé de ses biens par fidéicommis quelque temps avant son décès.

— Bien que je ne sois nullement familiarisée avec les questions financières, je sais que c'est là une façon de procéder assez courante de nos jours.

— Je suis chargé de vous informer qu'une certaine somme d'argent, déposée chez nous, doit vous revenir en toute propriété au bout d'un an, à condition que vous acceptiez la proposition qui va vous être faite.

Le notaire prit sur son bureau une longue enveloppe cachetée qu'il tendit à la vieille demoiselle.

— Mieux vaut, je crois, que vous lisiez vous-même le contenu de ce document. Prenez votre temps.

Miss Marple se munit du coupe-papier que lui tendait l'homme de loi et ouvrit l'enveloppe, dont elle tira une feuille dactylographiée. Elle la lut attentivement, la relut, puis leva les yeux vers Mr Broadribb.

— Ceci manque un peu de précision. N'y a-t-il aucun éclaircissement supplémentaire ?

— En ce qui me concerne, je n'en ai pas. Je devais simplement vous remettre cette enveloppe et vous indiquer le montant du legs. La somme qui doit vous revenir exonérée de droits de succession, s'élève à vingt mille livres.

Miss Marple resta un moment muette d'étonnement. C'était bien la dernière chose à laquelle elle s'attendait. Mr Broadribb guettait sa réaction.

— Cela constitue une grosse somme, dit-elle enfin, et je dois vous avouer franchement ma surprise.

Elle reporta ses yeux sur le document et le lut une troisième fois.

— Je suppose que vous connaissez les termes de cette missive ?

— Oui. C'est à moi-même que Mr Rafiel l'a dictée.

— Ne vous a-t-il fourni aucune explication ?

— Pas la moindre.

— J'imagine, pourtant, que vous avez dû lui faire remarquer le manque de clarté de ce document ?

Mr Broadribb esquissa un sourire.

— Vous ne vous trompez pas. Je lui ai fait observer que vous risquiez d'éprouver quelques difficultés à comprendre ses intentions. Mais, bien entendu, vous n'êtes pas tenue de me donner une réponse immédiate.

— J'aimerais effectivement réfléchir à la question à tête reposée. Je suis vieille, et il est possible que je ne vive pas assez longtemps pour gagner cet argent. En admettant — ce qui est assez douteux — que je sois capable de mener cette mission à bien.

— Quel que soit notre âge, nous ne devons pas mépriser l'argent.

— Je pourrais évidemment en faire bénéficier certaines œuvres auxquelles je m'intéresse. Et puis, chacun d'entre nous garde au fond du cœur des désirs qu'il n'a jamais pu satisfaire, il faut le reconnaître honnêtement. Mr Rafiel a dû se dire qu'une vieille personne comme moi serait heureuse de pouvoir ainsi, d'une manière inattendue, réaliser ses rêves.

— Certainement. Une de ces magnifiques croisières telles qu'on sait les organiser de nos jours peut-être ? Le théâtre, les concerts. La possibilité de réapprovisionner sa cave, aussi.

— Mes goûts seraient un peu plus modestes. Des

perdreaux, par exemple. Il est aujourd'hui très difficile de s'en procurer, et ils sont très chers. J'aimerais en avoir un pour moi toute seule. Et une boîte de marrons glacés. C'est là également un luxe que je ne puis guère m'offrir. Et pourquoi pas, une soirée à l'Opéra, aussi. Mais il faut payer un taxi, pour se rendre à Covent Garden, et passer la nuit dans un hôtel de Londres. Bah ! je ne dois pas me laisser aller à de futiles bavardages. Je vais emporter ce document et y réfléchir sérieusement. Mr Rafiel aurait dû se rendre compte qu'il s'était écoulé quinze mois depuis notre rencontre et que j'avais pu, au cours de cette période, décliner au point de ne plus être à même d'exercer mes modestes talents. Il a pris un risque grave en me chargeant de cette étrange mission. Il y a d'autres personnes beaucoup plus qualifiées que moi pour mener une enquête de cette nature.

— On pourrait le penser, en effet. Cependant, c'est vous qu'il a choisie, miss Marple. Veuillez me pardonner ma curiosité, mais avez-vous déjà été mêlée à une enquête criminelle ?

— A proprement parler, non. C'est-à-dire que je n'ai jamais collaboré avec la police ou une quelconque agence de détectives. Tout ce que je peux dire, c'est que durant notre séjour aux Antilles, Mr Rafiel et moi nous sommes trouvés mêlés à un crime. Un crime invraisemblable et troublant.

— Etes-vous parvenus à l'élucider ?

— Je n'irai pas jusque-là. Mr Rafiel, grâce à sa forte personnalité, et moi en rapprochant certains faits qui étaient parvenus à ma connaissance, avons réussi à empêcher un second meurtre au moment précis où il allait être commis. Je n'aurais pas pu agir seule, car je n'étais pas assez robuste, et Mr Rafiel, étant infirme, n'aurait pas pu intervenir seul non plus.

— J'aimerais vous poser encore une question, miss Marple, si vous le permettez. Le nom de Némésis signifie-t-il quelque chose pour vous ?

— Némésis, répéta la vieille demoiselle, tandis qu'une ombre de sourire passait sur son visage. Oui, j'avais prononcé ce nom devant Mr Rafiel, et il avait été très amusé en constatant que je m'identifiais à Némésis.

Ce n'était pas l'explication qu'attendait Mr Broadribb. Il considéra son interlocutrice avec ce même étonnement qu'avait éprouvé Mr Rafiel, un certain soir, dans son appartement de l'île Saint-Honoré. Une charmante et fort intelligente vieille dame. Mais vraiment... Némésis !

Miss Marple se leva.

— Si vous découvrez ou si vous recevez d'autres instructions concernant cette affaire, Mr Broadribb, vous serez bien aimable de me le faire savoir. Il me paraît extraordinaire que de telles instructions n'existent pas, car cette lettre me laisse dans l'ignorance la plus complète quant à ce que Mr Rafiel souhaitait me voir accomplir.

— Si j'ai bien compris, vous ne connaissez ni sa famille ni ses amis.

— Non. Je vous ai expliqué qu'il n'était pour moi qu'un compagnon de voyage. Nous avons été liés par cette mystérieuse affaire des Antilles, mais c'est tout.

Elle se dirigeait déjà vers la porte quand elle se retourna soudain.

— Il avait une secrétaire, Esther Walters. Serait-ce aller contre les usages que de vous demander s'il lui a légué ses cinquante mille livres ?

— Les legs de Mr Rafiel seront publiés par la

presse. Je puis donc vous répondre par l'affirmative. D'ailleurs, Mrs Walters s'est remariée. Elle s'appelle maintenant Mrs Anderson.

— Je suis heureuse de l'apprendre. Elle était veuve avec une petite fille, et c'était une femme charmante. Une secrétaire très compétente, aussi. Et qui s'entendait parfaitement avec Mr Rafiel. Je me réjouis qu'il ne l'ait pas oubliée.

Ce même soir, miss Marple, assise dans son fauteuil à haut dossier, les jambes étendues vers la cheminée où brûlait un feu de bois, tira une fois de plus de son enveloppe le document qui lui avait été remis par le notaire.

A Miss Marple,
domiciliée au village de St Mary Mead.
Cette lettre vous sera remise après ma mort, par les bons offices de mon notaire James Broadribb. C'est un homme de loi honnête et digne de confiance. Comme la grande majorité des humains, il a une certaine propension à la curiosité. Mais cette curiosité, je ne l'ai pas satisfaite, cette affaire devant rester, sous certains rapports, entre vous et moi. Notre code est Némésis. Je ne pense pas que vous ayez oublié où et dans quelles circonstances vous avez prononcé ce nom devant moi pour la première fois. Au cours de ma vie, j'ai appris qu'il est nécessaire, pour accomplir une mission déterminée, d'avoir un don. Ni les connaissances proprement dites ni l'expérience ne suffisent.

En ce qui vous concerne, vous avez le don naturel de la justice. C'est pourquoi je souhaiterais que vous enquêtiez sur un certain crime. J'ai fait mettre en réserve une somme qui deviendra votre propriété si vous voulez bien vous charger de cette affaire et si vous parvenez à l'élucider. Vous avez une année entière pour remplir cette mission. Vous n'êtes plus jeune, mais vous êtes solide — si vous me permettez d'employer ce terme — et je pense que je puis faire confiance au destin pour vous maintenir en vie pendant longtemps encore.

Je sais que vous n'avez plus guère d'activités, votre tricot excepté, mais je n'ai jamais oublié ce fameux soir où vous êtes venue me trouver...

Si vous aimez mieux continuer à tricoter paisiblement, vous le pouvez. Si, au contraire, vous voulez servir la cause de la justice, j'espère que vous y prendrez de l'intérêt.

Que la Justice déferle comme les vagues.

Et la Vertu comme un torrent éternel.

Amos

III

MISS MARPLE PASSE A L'ACTION

Après voir lu la lettre trois fois, miss Marple la posa près d'elle en fronçant les sourcils.

La première pensée qui lui vint à l'esprit, ce fut que ce document ne lui fournissait aucune indication précise. D'autres renseignements lui viendraient-ils de Mr Broadribb ? Elle avait la quasi-certitude que tel ne serait pas le cas. Cela aurait mal cadré avec le plan de Mr Rafiel. Pourtant, comment ce dernier avait-il pu espérer la voir s'engager dans une affaire dont elle ne savait rien ? Tout cela était fort mystérieux. Après quelques minutes de réflexion, elle parvint à la conclusion qu'il avait précisément recherché le mystère. Elle se rappela la brève période pendant laquelle ils avaient été en relations. Son infirmité, son mauvais caractère, ses boutades, son humour occasionnel. Elle se dit qu'il devait prendre un certain plaisir à taquiner les autres. Et il avait voulu, elle en était persuadée, tromper la curiosité naturelle de Mr Broadribb.

Rien, dans la missive qu'il lui avait fait parvenir, ne fournissait le moindre indice sur l'enquête qu'il avait désiré lui confier. Cette lettre ne lui était d'aucun secours, et il était probable qu'il l'avait voulu ainsi. Cependant, elle ne pouvait partir à l'aveuglette, sans être au courant de rien. Cette affaire ressemblait à un problème de mots croisés dont on ne fournirait pas les définitions. Il lui fallait pourtant savoir ce qu'elle était censée faire et où elle devait se rendre pour commencer. Mr Rafiel avait-il souhaité lui voir prendre l'avion ou le bateau à destination des Antilles, de l'Amérique du Sud ou d'un autre pays ? Ou bien devait-elle résoudre cette énigme assise tranquillement dans son fauteuil avec son tricot sur les genoux ? Avait-il pensé qu'elle était assez habile pour poser les questions pertinentes et découvrir la marche à suivre sans qu'on lui fournît le plus petit indice ? Non, elle ne pouvait pas le croire.

— Si telle était sa pensée, dit-elle à voix haute, c'est qu'il était devenu sénile.

Mais au fond, elle ne croyait pas non plus à cette dernière possibilité.

— Je recevrai sûrement des instructions. Mais lesquelles ? Et quand ?

C'est seulement à ce moment-là qu'il lui vint soudain à l'idée qu'elle avait déjà virtuellement accepté la mission.

— Je crois à la vie éternelle, reprit-elle toujours à

voix haute. J'ignore où vous êtes, Mr Rafiel, mais je ne doute pas que vous soyez quelque part. Et je ferai de mon mieux pour répondre à votre attente.

Trois jours plus tard, miss Marple écrivait une brève lettre à Mr Broadribb.

Cher Mr Broadribb,

J'ai examiné attentivement la proposition que vous m'avez faite et j'ai le plaisir de vous faire savoir que j'ai décidé d'accepter la mission que feu Mr Rafiel souhaitait me confier. Bien que je ne sois nullement assurée du succès, je ferai de mon mieux pour la remplir. Si vous détenez d'autres instructions, je vous serais reconnaissante de bien vouloir me les faire parvenir. Mais, étant donné que vous ne m'avez rien communiqué, j'imagine que vous n'en possédez pas.

Ai-je raison de présumer que Mr Rafiel était absolument sain d'esprit au moment de sa mort ? Je crois aussi devoir vous demander s'il y a eu récemment, à votre connaissance, une affaire criminelle à laquelle il aurait pu s'intéresser. A-t-il jamais laissé paraître devant vous de la colère ou du mécontentement à propos d'une erreur judiciaire par exemple ? Si tel était le cas, voudriez-vous me le faire savoir ? Un de ses proches ou un de ses amis aurait-il été victime d'une injustice flagrante ou de manœuvres déloyales ?

Je suis sûre que vous comprendrez les raisons de ces demandes, et je suppose que Mr Rafiel aurait souhaité me voir agir de cette manière.

Mr Broadribb tendit la lettre à son associé, lequel se renversa paresseusement dans son fauteuil en laissant échapper un petit sifflement.

— Elle est donc prête à relever le défi, cette vieille branche ! Je suppose qu'elle sait tout de même quelque chose de l'affaire ?

— Apparemment non.

— C'était un drôle de type, ce Rafiel.

— Un homme difficile à saisir, c'est certain.

— Je ne puis me faire la moindre idée de ce qu'il voulait. Et vous ?

— Pas davantage. Et je suppose que c'est de propos délibéré qu'il ne nous a pas mis dans le secret.

— Il n'a fait ainsi que compliquer terriblement les choses. Et je ne crois pas qu'une pauvre vieille fille débarquant de sa cambrousse ait la moindre chance d'interpréter correctement sa pensée et de savoir ce qu'il avait en tête au cours des derniers jours de sa vie. Vous ne pensez pas qu'il ait simplement voulu la mener en bateau ? Peut-être l'avait-il trouvée un peu trop prétentieuse, trop portée à croire qu'elle était capable de déchiffrer n'importe quelle énigme, et a-t-il voulu lui donner une bonne leçon...

— Non, déclara nettement Mr Broadribb. Rafiel n'était pas ce genre d'homme.

— Il se montrait parfois passablement malicieux.

— Certes. Mais pas... Non, je suis persuadé qu'il était sérieux et que quelque chose le tracassait. En fait, j'en suis sûr.

— Et il ne vous a pas donné le moindre renseignement, le plus petit indice ?

— Non.

— Dans ces conditions, comment pouvait-il espérer...

— Je me demande, en effet, comment elle va pouvoir s'y prendre.

— Je persiste à croire qu'il s'agit d'une mystification ; ou bien il savait pertinemment qu'elle n'avait pas la moindre chance de parvenir à la vérité.

— Jamais il ne se serait montré aussi déloyal. Il a dû, au contraire, penser qu'elle avait une chance de gagner ces vingt mille livres, qui constituent pour elle une très grosse somme.

— En ce qui nous concerne, que faisons-nous ?

— Rien. Nous attendons pour voir ce qui va se passer. Car il faut absolument qu'il se passe quelque chose.

— Je suppose que vous avez quelque part un pli secret soigneusement cacheté ?

— Mon cher Schuster, Mr Rafiel avait une confiance totale en ma discrétion et en mon honnêteté professionnelle. Ce pli dont vous parlez existe effectivement, mais il ne doit être ouvert que dans certaines circonstances précises dont aucune ne s'est encore présentée.

— Ni ne se présentera jamais.

Miss Marple tricotait et réfléchissait. Elle allait aussi parfois faire des promenades à pied, auquel cas elle n'échappait pas aux remontrances de Cherry.

— Vous vous rappelez ce qu'a dit le docteur : vous ne devez pas faire trop d'exercice.

— Je marche lentement et ne fais aucun travail pénible. Je n'arrache même pas les mauvaises herbes du jardin. Je me contente de poser un pied devant l'autre, tout en réfléchissant à certaines choses.

— Quelles choses ? s'enquit Cherry avec intérêt.

— J'aimerais bien le savoir moi-même. Voudriez-vous, je vous prie, m'apporter une écharpe ? Le vent est un peu frais.

— Je me demande ce qui peut la tracasser à ce point, dit Cherry.

Elle posa devant son mari une assiette de riz aux rognons, puis ajouta :

— Je m'inquiète de la voir ainsi. Elle a reçu une lettre qui l'a bouleversée. A mon avis, elle mijote quelque chose.

La jeune femme se saisit du plateau et s'en alla apporter le café à sa maîtresse.

— Cherry, connaissez-vous une certaine Mrs Hastings, qui habite dans une de ces nouvelles maisons de Gibraltar Road ? Et une Mrs Bartlett qui loge chez elle ?

— Vous voulez sans doute parler de cette maison qui a été retapée et repeinte, à l'autre bout du village. Ces personnes sont absentes depuis longtemps, et je ne connais pas leurs noms. Que voudriez-vous savoir ? De toute façon, je ne les crois pas très intéressantes.

— Sont-elles parentes ?

— Je crois que ce sont simplement deux amies.

— Je me demande...

Miss Marple s'interrompit brusquement.

— Vous vous demandez quoi ?

— Rien. Débarrassez-moi mon petit bureau, voulez-vous ? Je vais écrire une lettre.

— A qui ? s'informa encore Cherry, dévorée de curiosité.

— A la sœur du chanoine Prescott.

— C'est le clergyman dont vous avez fait la connaissance aux Antilles, n'est-ce pas ? Vous m'avez montré sa photo dans votre album.

— C'est bien cela.

Miss Marple s'assit devant son bureau et se mit à écrire.

Chère Miss Prescott,

*J'imagine que vous ne m'avez pas tout à fait ou-
bliée. Je vous ai rencontrée aux Antilles, ainsi que
votre frère. J'espère qu'il va bien et n'a pas trop souffert de son asthme au cours de l'hiver.*

*Je vous écris pour vous demander s'il vous serait
possible de me communiquer l'adresse de Mrs Walters
— Esther Walters — dont vous devez vous souvenir
aussi. Elle était secrétaire de Mr Rafiel. Cette adresse,
elle me l'avait donnée, mais malheureusement je l'ai
égarée. Elle m'avait demandé, sur certaines espèces de
fleurs, des renseignements que je n'ai pu lui fournir à
cette époque, et je voudrais lui envoyer un mot à ce
sujet. J'ai appris indirectement l'autre jour qu'elle
s'était remariée, mais la personne qui m'en a parlé
n'en était pas absolument certaine. Peut-être en savez-
vous davantage.*

*J'espère ne pas vous avoir trop importunée. Avec
mon meilleur souvenir à votre frère et mes vœux
sincères pour vous-même.*

Bien amicalement,

Jane Marple

Après avoir envoyé cette lettre, miss Marple se
sentit mieux.

« Enfin, se dit-elle, j'ai commencé à agir. Je n'at-
tends pas grand-chose de cette démarche, mais on
ne sait jamais. »

Miss Prescott répondit presque par retour du
courrier en joignant l'adresse demandée.

Chère Miss Marple,

*Je n'ai pas reçu de nouvelles directes d'Esther Wal-
ters. Mais, tout comme vous, j'ai appris par une amie
la nouvelle de son remariage. Elle s'appelle mainte-*

nant Mrs Anderson et habite *Winslow Lodge*, à *Alton,
dans le Hampshire*.

Mon frère me charge de le rappeler à votre bon
souvenir. Il est vraiment regrettable que vous habitiez
dans le sud de l'Angleterre et nous dans le nord.
J'espère, néanmoins, que nous aurons un jour l'occasion de nous revoir.

Bien à vous,

Joan Prescott

— Winslow Lodge, à Alton, murmura miss Marple en relevant l'adresse sur son carnet. Ce n'est pas
très loin d'ici. Je me demande quelle serait la meil-
leure façon de m'y rendre. Je pourrais peut-être
louer un taxi. Certes, c'est un peu du gaspillage,
mais si cette démarche donne des résultats, je pour-
rai porter la dépense sur ma note de frais. Et maintenant, vaut-il mieux lui écrire pour la prévenir de
ma visite, ou bien m'en remettre au hasard ? Ma foi,
je crois qu'il est préférable de ne rien dire. Cette
pauvre Esther ne doit guère me porter dans son
cœur.

Une fois de plus, la vieille demoiselle se plongea
dans ses pensées. Il était probable que son intervention, aux Antilles, avait évité à Esther Walters d'être
victime d'un meurtre, mais la jeune femme n'en
avait pas été convaincue.

— Charmante, dit miss Marple à mi-voix. Elle
était vraiment charmante. Le genre de femme qui
épouserait un voyou, voire un meurtrier, si elle en
avait l'occasion. Je persiste à penser que je lui ai
sauvé la vie, mais je ne crois pas qu'elle soit d'accord
avec moi sur ce point. Elle doit me détester cordiale-
ment, ce qui ne va pas faciliter ma tâche si je veux
obtenir d'elle certains renseignements. Mais je peux

toujours essayer. Cela vaut mieux que de rester ici à attendre.

Un instant, l'idée lui vint que Mr Rafiel avait peut-être voulu la mystifier. Elle jeta un coup d'œil à la pendule et constata qu'il était l'heure d'aller se coucher.

— Bah ! nous verrons bien. Quand on pense aux choses juste avant de s'endormir, on obtient parfois un résultat. Ça marchera peut-être cette fois.

— Avez-vous bien dormi ? demanda Cherry en posant près de miss Marple sa tasse de thé matinale.

— J'ai fait un rêve étrange.

— Un cauchemar ?

— Non, rien de tel. Je parlais à quelqu'un, une personne que je ne connaissais pas très bien. Et puis, quand j'ai levé les yeux, je me suis aperçue que ce n'était pas du tout cette personne-là mais une autre. Etrange, en vérité.

— Un peu embrouillé.

— Ça m'a rappelé quelque chose, ou plutôt quelqu'un que j'ai connu autrefois. Demandez-moi une voiture chez Inch, voulez-vous ? Pour 11 heures et demie environ.

Inch faisait en quelque sorte partie du passé de miss Marple. Jadis propriétaire d'un modeste taxi, il était mort depuis longtemps. Son fils, alors âgé de quarante-quatre ans, lui avait succédé, avait transformé en garage la petite entreprise paternelle et acquis deux autres véhicules. A sa mort, le garage avait eu un nouveau propriétaire, mais les personnes âgées parlaient toujours du vieux Inch.

— Vous ne retournez pas à Londres, n'est-ce pas ?

— Non. Je déjeunerai peut-être à Haslemere.

— Qu'est-ce que vous projetez donc ? insista Cherry d'un air soupçonneux.

— J'aimerais rencontrer une certaine personne, mais je voudrais que cette rencontre paraisse le fait du hasard, comprenez-vous ? Ce n'est pas très facile, mais j'espère pouvoir m'en tirer tout de même.

A 11 heures et demie, le taxi était devant la porte, et miss Marple donnait ses instructions à Cherry.

— Appelez-moi ce numéro, voulez-vous, et demandez si Mrs Anderson est chez elle. Si elle est sortie, tâchez de savoir à quelle heure elle doit rentrer.

— Et si elle répond elle-même ?

— Dans ce cas, dites-lui que Mr Broadribb souhaiterait avoir un entretien avec elle, et demandez-lui quel jour de la semaine prochaine il lui serait possible de se présenter à son étude de Londres. Notez sa réponse et puis raccrochez.

— Pourquoi faut-il que ce soit moi qui lui parle ?

— La mémoire est une curieuse chose, Cherry. On se rappelle parfois une voix que l'on n'a pas entendue depuis un an ou davantage.

— En tout cas, elle n'aura jamais entendu la mienne.

— Non. Et c'est pour cela qu'il vaut mieux que ce soit vous qui l'appeliez.

Cherry décrocha le téléphone et demanda la communication. Mrs Anderson était allée faire des courses, lui répondit-on, mais elle serait de retour avant le déjeuner et resterait chez elle tout l'après-midi.

— Eh bien, voilà qui va me faciliter la tâche, commenta miss Marple. Inch est-il là ? Ah ! oui. Bonjour, Edward.

C'était le chauffeur de Mr Arthur, l'actuel propriétaire du garage, et il se prénommait George.

— Voici où nous allons, continua la vieille demoiselle. Il ne nous faudra guère plus d'une heure.

IV

ESTHER WALTERS

Esther Anderson sortit du supermarché et se dirigea vers l'endroit où elle avait garé sa voiture. Soudain, elle se heurta à une personne âgée qui arrivait
vers elle en boitillant. Elle s'excusa, et la vieille dame
poussa une exclamation.

— Mon Dieu ! Mais... je ne me trompe pas : c'est
Mrs Walters. Je suppose que vous ne vous souvenez
pas de moi. Jane Marple. Nous nous sommes rencontrées à Saint-Honoré. Il est vrai qu'il y a un an et
demi de cela.

— Miss Marple ? Mais oui, bien sûr. Je me rappelle parfaitement, mais je ne m'attendais guère à
vous voir surgir brusquement devant moi.

— Je déjeune avec des amis, non loin d'ici. Mais,
au retour, je repasserai par Alton, et si vous étiez
chez vous cet après-midi, je serais ravie de pouvoir
bavarder un peu avec vous. Je suis tellement heureuse de vous revoir !

— Mais certainement. Vous me trouverez chez
moi à partir de 3 heures.

A 3 heures et demie précises, miss Marple sonnait
à la porte de Winslow Lodge. Ce fut Esther elle-
même qui lui ouvrit et la fit entrer.

La vieille demoiselle prit place dans le fauteuil

qu'on lui désignait. Jusque-là, tout s'était déroulé exactement comme elle l'avait souhaité.

— Je suis véritablement charmée d'être ici aujourd'hui, dit-elle. Les choses se passent parfois d'étrange façon, ne trouvez-vous pas ? On espère revoir les gens, mais le temps passe... Et puis un beau jour, c'est la surprise.

— Et alors, on déclare que le monde est petit, n'est-ce pas ?

— Oui, et je pense qu'il y a du vrai dans cette affirmation. Le monde semble vraiment très vaste, et les Antilles sont si loin de l'Angleterre ! Pourtant, j'aurais pu vous rencontrer n'importe où. A Londres, chez Harrods, sur un quai de gare ou dans un bus... Il existe une infinité de possibilités.

— Une infinité, en effet. Cependant, je n'aurais jamais imaginé vous rencontrer ici, car ce n'est pas spécialement votre région, je crois.

— Non, bien que j'habite à St Mary Mead qui ne se trouve pas à plus de quarante kilomètres. Mais quarante kilomètres à la campagne, quand on n'a pas de voiture...

— Vous avez une mine splendide.

— C'est précisément ce que j'allais dire de vous. Je ne savais pas que vous habitiez Alton.

— Il n'y a pas longtemps que j'y suis. Depuis mon mariage seulement.

— Oh ! mais je n'étais pas au courant de cet événement. Comme c'est intéressant ! Cela a dû m'échapper. Pourtant, je lis toujours la chronique des mariages.

— Il y a cinq mois que je me suis mariée. Je m'appelle maintenant Anderson.

— Et que fait votre mari ?

Miss Marple se dit qu'il paraîtrait peu naturel de

ne pas poser cette question, les vieilles filles ayant une solide réputation de curiosité.

— C'est un ingénieur, répondit Esther. Il est... (Elle hésita une seconde.) ... un peu plus jeune que moi.

— Tant mieux ! répliqua miss Marple. Tant mieux, ma chère. De nos jours, les hommes vieillissent tellement plus vite que les femmes. Je sais que ce n'est pas ce que l'on prétendait autrefois, mais c'est la vérité. Je pense qu'ils ont trop de soucis et de travail. Et alors, ils souffrent d'hypertension, parfois de troubles cardiaques. Ils sont également prédisposés aux ulcères. Les femmes, par contre, se tourmentent moins. Et j'estime que c'est nous, finalement, qui représentons le sexe fort.

— C'est possible, admit Esther avec un sourire.

Miss Marple se sentit rassurée. La dernière fois qu'elle avait vu la jeune femme, celle-ci lui avait donné l'impression de la détester. Et sans doute devait-elle vraiment la détester, à ce moment-là. Mais, depuis lors, elle avait probablement compris que, sans l'intervention de miss Marple, elle se trouverait peut-être maintenant sous une dalle de marbre dans un paisible cimetière, au lieu d'être heureuse auprès de son mari.

— Vous avez là une belle maison, fit remarquer la visiteuse.

— Nous avons emménagé il y a seulement quatre mois.

Miss Marple jeta un coup d'œil autour d'elle. Le mobilier était cossu et confortable, et il avait dû coûter très cher. Elle devina aisément l'origine de cette prospérité, et elle se sentit tout heureuse que Mr Rafiel n'eût pas changé d'avis en ce qui concernait le legs à Esther.

— Je suppose que vous avez appris la mort de Mr Rafiel, reprit la jeune femme comme si elle avait lu dans les pensées de sa visiteuse.

— Oui. Il y a environ un mois qu'il est décédé, n'est-ce pas ? J'en ai été véritablement peinée, bien que connaissant son état de santé. A plusieurs reprises, il avait laissé entendre qu'il n'en avait plus pour longtemps. Je crois qu'il était très courageux.

— Très courageux et très bon. Vous savez, quand j'ai commencé à travailler pour lui, il m'a déclaré qu'il me verserait de bons appointements, mais qu'il me faudrait faire des économies, car je ne devais pas m'attendre à recevoir autre chose de lui. Effectivement, je n'attendais rien, et vous n'ignorez pas qu'il tenait toujours parole. Mais, apparemment, il a changé d'avis.

— J'en suis heureuse pour vous. J'avais pensé que peut-être... Non pas qu'il m'ait jamais rien laissé entendre, mais enfin...

— Il m'a fait un legs très important, qui a été pour moi une énorme surprise. Au début, je ne pouvais y croire.

— Sans doute voulait-il que cela soit une vraie surprise. A-t-il aussi laissé quelque chose à son valet de chambre ?

— A Jackson ? Non. Mais je crois qu'il lui avait versé de fortes gratifications, au cours de la dernière année.

— L'avez-vous jamais revu ?

— Non. Il ne me semble pas l'avoir rencontré depuis notre départ des îles. Il n'est pas resté auprès de Mr Rafiel après notre retour en Angleterre. Je crois qu'il est allé chez lord... Je-ne-sais-plus-quoi, à Jersey ou à Guernesey.

— J'aurais bien voulu revoir Mr Rafiel. Quelque

temps après mon retour en Angleterre, je me suis soudain rendu compte que nous avions été très proches, au cours de cette période difficile, et que malgré cela, je savais très peu de choses sur lui. J'y songeais encore l'autre jour en lisant l'annonce de son décès. J'aurais aimé en connaître davantage, savoir s'il avait des enfants, des parents proches : des neveux ou des cousins peut-être.

Esther sourit légèrement en regardant miss Marple, et elle semblait penser : « Oui, je suis certaine que vous voudriez tout savoir des personnes que vous rencontrez. » Au lieu de cela, elle se contenta de remarquer :

— Les étrangers ne savaient guère de lui qu'une seule chose.

— Qu'il était très riche. C'est bien cela, n'est-ce pas ? Lorsqu'un homme est en possession d'une grosse fortune, on ne songe guère à poser des questions sur lui. Je suppose qu'il n'était pas marié ? Il n'a jamais laissé entendre qu'il ait eu une femme.

— Elle est morte d'un cancer, il y a bien longtemps. Elle était d'ailleurs beaucoup plus jeune que lui.

— Avait-il des enfants ?

— Oui. Deux filles et un fils. L'une de ses filles a disparu toute jeune, l'autre est mariée en Amérique. Je l'ai vue une fois, et j'ai trouvé qu'elle ne ressemblait pas du tout à son père. C'est une jeune femme très calme, à l'air plutôt triste. Quant à son fils, Mr Rafiel n'en parlait jamais. Je crois qu'il y avait eu une histoire, une sorte de scandale, autrefois. Et il a dû mourir il y a déjà quelques années.

— Mon Dieu, comme c'est triste !

— Oui. Il était parti pour l'étranger et n'est jamais revenu.

— Mr Rafiel a dû en éprouver un grand chagrin.

— Avec lui, on ne pouvait guère savoir. C'était le genre d'homme à toujours faire la part du feu. Si son fils était indésirable, s'il était devenu pour lui un fardeau au lieu d'être une joie, il avait assez de force de caractère pour le chasser définitivement de ses pensées.

— Il n'en parlait donc jamais ?

— Vous devez vous rappeler qu'il n'avait pas coutume d'afficher ses sentiments et d'étaler sa vie privée.

— C'est vrai. Mais, étant donné que vous avez été sa secrétaire pendant des années, je pensais qu'il avait pu vous confier ses ennuis.

— Il n'était pas homme à confier ses ennuis, si tant est qu'il en ait eu ce dont je doute un peu. Il ne vivait que pour ses affaires. Rien d'autre ne comptait, à ses yeux. Il ne songeait qu'à investir, à gagner de l'argent.

— Il n'avait donc, avant sa mort, aucun souci particulier ?

— Pas que je sache. Qu'est-ce qui vous fait penser qu'il aurait pu en avoir ?

Esther paraissait sincèrement surprise.

— Je me posais seulement la question, car les gens se tourmentent davantage à mesure qu'ils avancent en âge, surtout quand ils sont invalides et ne peuvent plus mener une vie normale. C'est alors que les peines se font véritablement sentir.

— Je comprends ce que vous voulez dire, mais je ne pense pas que cela ait été le cas pour Mr Rafiel. Il est vrai que j'avais abandonné mon travail de secrétaire quelques mois avant sa mort, peu de temps après avoir fait la connaissance de mon mari.

— Mr Rafiel a dû être désolé de vous perdre.

— Oh, je ne crois pas, répondit Esther d'un ton léger. Il n'était pas dans ses habitudes de se tracasser pour ce genre de détails. Il a immédiatement engagé une autre secrétaire. Et si elle n'avait pas fait son affaire, il se serait débarrassé d'elle avec une poignée de main et une bonne gratification pour chercher quelqu'un d'autre. C'était un homme à l'esprit extrêmement lucide et pratique. Très calme et posé, aussi.

— Oui. J'ai pu le constater, bien qu'il lui soit arrivé parfois de se mettre en colère.

— Oh, mais il adorait ça ! Il ne détestait pas un peu de drame, de temps à autre.

— Du drame, répéta miss Marple d'un air pensif. Pensez-vous qu'il ait éprouvé un intérêt particulier pour la criminologie ? Je me le suis souvent demandé.

— A cause de ce qui s'est passé aux Antilles ?

La voix d'Esther avait soudain pris une intonation plus dure, et miss Marple hésita à poursuivre. Pourtant, il lui fallait bien, d'une manière ou d'une autre, essayer de glaner les renseignements dont elle avait besoin.

— Pas spécialement à cause de cela, répondit-elle. Mais peut-être s'est-il ensuite intéressé à des affaires où la justice aurait été plus ou moins malmenée...

— Pourquoi se serait-il passionné pour ce genre de choses ? Mais... ne parlons plus de cette horrible affaire de Saint-Honoré.

— Vous avez raison. Je songeais seulement à certaines réflexions de Mr Rafiel, et je me posais la question de savoir s'il avait une théorie quelconque sur... les causes du crime.

— Ses intérêts n'étaient que d'ordre financiers,

répéta Esther d'un ton bref. Une escroquerie habile aurait pu l'attirer, mais rien d'autre.

La jeune femme continuait à regarder sa visiteuse d'un air froid.

— Excusez-moi, dit la vieille demoiselle, je n'aurais pas dû aborder ce sujet pénible qui, fort heureusement, appartient au passé. D'ailleurs, il faut maintenant que je vous quitte pour aller prendre mon train. J'ai juste le temps de me rendre à la gare.

Miss Marple saisit son sac et son parapluie et se leva. Elle était sur le point de sortir lorsque Esther lui demanda de rester encore quelques instants pour boire une tasse de thé.

— Non, merci, ma chère. Je n'ai vraiment pas le temps. Je suis heureuse de vous avoir revue, et je vous souhaite beaucoup de bonheur. J'imagine que vous n'allez pas reprendre votre travail ?

— Je sais que certaines femmes le font, après leur mariage, car elles s'ennuient de n'avoir rien à faire. Mais je pense que ce ne sera pas mon cas. Je veux profiter de l'argent que m'a laissé Mr Rafiel, même si je le dépense d'une manière bien féminine, c'est-à-dire d'une façon qu'il aurait sans doute jugé un peu sotte. J'avais beaucoup d'affection pour lui, vous savez. Peut-être, précisément, parce qu'il était assez difficile à vivre et que je prenais plaisir à le gouverner.

— Le gouverner ?

— Ma foi, le terme n'est pas tout à fait juste, je l'admets. Pourtant, j'avais sur lui plus d'influence qu'il ne s'en rendait compte lui-même.

Miss Marple prit congé et s'engagea dans la rue d'un pas alerte. Elle se retourna pour adresser un geste d'adieu à Esther. La jeune femme, elle aussi, agita joyeusement la main.

— Je pensais que cette affaire pourrait avoir quelque rapport avec elle, ou du moins qu'elle pourrait savoir quelque chose, murmura miss Marple, mais il semble bien que je me sois trompée. Non, elle n'est sûrement pour rien là-dedans. Mr Rafiel devait me croire beaucoup plus astucieuse que je ne le suis réellement. Et maintenant, que faire ?

Elle hocha la tête en se disant qu'il lui faudrait encore réfléchir sérieusement à la question. Elle s'efforçait de revoir le visage de Mr Rafiel, assis dans le jardin de l'hôtel, vêtu de son léger costume de tergal. Elle aurait voulu savoir ce qu'il avait en tête quand il avait mis au point cet étrange projet, et pourquoi il l'avait choisie, elle, pour accomplir une tâche semblable.

Elle se reporta aux événements qui s'étaient déroulés à Saint-Honoré. Peut-être le problème qui hantait Mr Rafiel quelque temps avant sa mort l'avait-il amené à se souvenir de ce qui s'était passé aux Antilles. Ce problème avait-il un rapport quelconque avec une personne qui se trouvait là-bas à cette époque ? Une personne qui avait pris une part active dans l'affaire ou qui en avait été témoin ? Etait-ce cela qui avait rappelé miss Marple au souvenir de Mr Rafiel ? Mais de quel secours pouvait-elle être ? Elle était âgée, pas très robuste, et son esprit n'avait plus la même vivacité qu'autrefois. Voyons, avait-elle le droit de penser que Mr Rafiel avait pu vouloir se livrer à une mystification correspondant à son sens très particulier de l'humour ? Après tout, l'hypothèse n'était pas absolument invraisemblable.

« Non, puisqu'il n'est plus de ce monde pour jouir d'une telle mystification. Il faut qu'il m'ait trouvé une aptitude, un talent quelconque. Quelles qualités puis-je donc avoir ? »

La vieille demoiselle s'interrogea avec humilité. Elle était curieuse, elle posait des tas de questions, c'était un fait. Pour ce genre de chose, on pouvait certes faire appel à un détective privé, mais rien ne valait une vieille fille ayant l'habitude de bavarder et de fouiner.

— Une vieille chatte, oui. C'est ainsi que l'on peut me considérer. Mais il y en a tellement dans mon genre ! Et toutes semblables. Je ne suis qu'une femme très ordinaire. Oui, mais c'est précisément cela qui constitue un bon camouflage. Je me demande si ma pensée suit en ce moment la bonne direction. Je sais comment sont les gens, parce qu'ils me rappellent d'autres personnes que j'ai connues, et c'est ainsi que je découvre quelques-uns de leurs défauts et de leurs qualités. Je sais ensuite à qui j'ai affaire.

Miss Marple se reporta une fois de plus à son séjour aux Caraïbes, à l'*Hôtel du Palmier d'or*. Elle avait tenté de découvrir la possibilité de l'existence d'un lien quelconque en allant voir Esther Walters, mais cette visite n'avait pas donné le résultat escompté.

— Mon Dieu, quel homme exaspérant vous êtes, Mr Rafiel ! s'exclama-t-elle sur un ton plein de reproches.

Ce même soir, en s'allongeant dans son lit, elle soupira — cette fois en s'excusant —, comme si elle s'adressait à une personne présente dans la pièce :

— J'ai fait de mon mieux.

Elle se disait que Mr Rafiel pouvait être n'importe où et entrer en communication télépathique avec elle. Dans ce cas, elle lui parlerait carrément et sans ambages.

— J'ai fait de mon mieux, dans la mesure de mes

moyens, mais il faut maintenant que je m'en remette à vous.

Elle s'installa plus confortablement, avança la main pour éteindre la lampe de chevet et s'endormit.

V

INSTRUCTIONS DE L'AU-DELA

C'est trois jours plus tard qu'arriva, au courrier de l'après-midi, une communication importante. Miss Marple tourna quelques instants la missive entre ses doigts, puis déchira l'enveloppe et en tira une feuille dactylographiée.

Chère Miss Marple,

Lorsque vous lirez cette lettre, je serai mort et enterré. Non point incinéré, notez bien. Il m'a toujours paru invraisemblable que l'on puisse un jour ressortir d'un élégant vase de bronze plein de cendres pour aller hanter quelqu'un si on en a envie, alors que l'idée de surgir de sa tombe m'apparaît comme parfaitement réalisable. Le ferai-je ? Ce n'est pas impossible. Il se peut même que je désire entrer en communication avec vous.

Mon notaire a dû maintenant prendre contact avec vous pour vous faire une certaine proposition que, je l'espère, vous avez acceptée. Dans le cas contraire, n'en éprouvez aucun remords, puisque vous étiez absolument libre de refuser.

Si mes hommes de loi ont suivi mes instructions, et si les postiers ont fait correctement le travail que l'on est en droit d'attendre d'eux, cette lettre devrait vous parvenir le 11 du mois. Dans deux jours, vous recevrez un avis d'une agence de voyages de Londres. Je souhaite que ce que l'on vous offrira ne vous soit pas trop désagréable. Je n'en dis pas plus pour l'instant, car je tiens à ce que vous gardiez l'esprit libre. Soyez prudente, et que votre ange gardien veille aussi sur vous. Il n'est pas impossible que vous en ayez besoin.

Amicalement, J. B. Rafiel

Chère Miss Jane Marple,

Suivant les instructions qui nous ont été données par Mr Rafiel, nous vous faisons parvenir ci-joint les détails concernant un des voyages touristiques des Demeures et jardins célèbres de Grande-Bretagne. *Le départ aura lieu de Londres jeudi prochain 17 courant.*

S'il vous est possible de vous rendre à nos bureaux de Berkeley Street, Mrs Sandbourne — responsable de cette excursion — se fera un plaisir de vous fournir tous détails complémentaires et de répondre aux questions que vous pourriez vouloir lui poser.

Ce voyage devrait vous être particulièrement agréable, car il vous permettra de visiter une partie de l'Angleterre que, selon Mr Rafiel, vous ne connaissez pas encore. Les dispositions nécessaires ont été prises pour que vous jouissiez de tout le confort et de tout le luxe que nous pouvons vous assurer.

Auriez-vous l'amabilité de nous faire savoir quel jour vous conviendrait le mieux pour nous rendre visite à nos bureaux ?

Miss Marple retint une chambre dans un hôtel modeste et, à l'heure convenue, elle arrivait à Berkeley Street. Elle fut aussitôt reçue par Mrs Sandbourne, une charmante jeune femme de trente-cinq ans, qui lui confirma qu'elle s'occuperait personnellement du voyage.

— Dois-je comprendre, demanda miss Marple, que dans mon cas particulier, cette excursion...

Elle s'interrompit, manifestement gênée.

— Peut-être aurais-je dû m'expliquer plus clairement dans la lettre que nous vous avons envoyée. Mr Rafiel a pris tous les frais à sa charge.

— Je suppose que vous n'ignorez pas qu'il est décédé ?

— Non. Mais tout a été réglé avant sa mort. Il a précisé qu'il était en mauvaise santé et voulait offrir cette excursion à une vieille amie qui n'avait pas eu la possibilité de voyager autant qu'elle l'aurait aimé.

Deux jours plus tard, miss Marple, à bord d'un luxueux autocar, étudiait attentivement la liste des passagers jointe à une élégante brochure qui fournissait des détails sur l'itinéraire du voyage, les hôtels et les restaurants, les endroits à visiter.

En même temps, elle jetait un coup d'œil discret sur ses compagnons.

Mrs Riseley-Porter
Miss Joanna Crawford
Colonel et Mrs Walker
Mr et Mrs H.T. Butler
Miss Elizabeth Temple
Pr Wanstead
Mr Richard Jameson
Miss Lumley
Miss Bentham
Mr Caspar
Miss Cooke
Miss Barrow

Mr Emlyn Price

Miss Jane Marple

Il y avait quatre dames âgées, dont deux voyageaient ensemble. Elles devaient avoir environ soixante-dix ans, et l'une d'elles appartenait visiblement à ce genre de personnes qui ont toujours des réclamations à formuler, qui veulent avoir une place à l'arrière du car lorsqu'elles sont à l'avant, et inversement, ou qui ne peuvent voyager qu'à l'ombre quand elles sont au soleil ou au soleil quand elles sont à l'ombre. Elles avaient avec elles des couvertures, des écharpes de laine et tout un assortiment de guides.

Miss Marple se dit que puisque Mr Rafiel avait souhaité qu'elle prenne part à cette excursion, il devait y avoir parmi les voyageurs au moins une personne digne d'intérêt. Ce pouvait être simplement une personne susceptible de lui fournir certains renseignements, mais aussi un criminel ayant déjà tué et qui, peut-être, s'apprêtait à recommencer. Tout était possible. Il lui fallait donc observer attentivement tous ces gens et prendre des notes sur chacun d'eux.

Les deux autres vieilles dames paraissaient voyager séparément. Elles devaient avoir une soixantaine d'années. L'une était fort bien conservée, élégamment vêtue, et elle appartenait probablement à un milieu aisé. Elle parlait d'une voix forte et autoritaire, et avait auprès d'elle une nièce de dix-huit ou dix-neuf ans qui l'appelait tante Géraldine. Miss Marple remarqua que la jeune fille, d'ailleurs jolie, était visiblement habituée à braver l'autorité de sa tante.

En face de miss Marple, se trouvait un homme au physique imposant, avec des épaules carrées, une grosse tête aux cheveux grisonnants, une mâchoire puissante et d'énormes sourcils broussailleux perpétuellement en mouvement. A côté de lui était assis un étranger grand et brun qui ne cessait de gesticuler et de s'agiter sur son siège. Son anglais bizarre était émaillé d'expressions françaises ou allemandes. Miss Marple se dit que les sourcils broussailleux devaient appartenir au Pr Wanstead, et que l'étranger devait être Mr Caspar.

Le siège qui leur faisait face était occupé par l'autre dame âgée. Bien qu'ayant certainement dépassé la soixantaine, elle ne manquait pas d'allure. Sa voix était claire et bien timbrée. Miss Marple se dit qu'elle devait avoir une forte personnalité.

Il y avait ensuite un couple américain d'âge moyen, comprenant une femme bavarde et un mari placide qui approuvait docilement. Le second couple était anglais. Le mari était visiblement un officier en retraite, et miss Marple en déduisit qu'il devait s'agir du colonel et de Mrs Walker.

Derrière elle, un homme grand et maigre d'une trentaine d'années, pourvu d'un vocabulaire d'une haute technicité, paraissait être architecte. Un peu plus loin, deux dames d'âge moyen échangeaient des remarques sur la brochure qu'elles feuilletaient. L'une était brune et mince, l'autre blonde et plus forte. Le visage de cette dernière parut vaguement familier à miss Marple qui se demanda où elle avait bien pu la rencontrer.

Il ne lui restait qu'un voyageur à étudier, un jeune homme d'une vingtaine d'années qui portait les vêtements habituels à son âge et à son sexe — pantalon noir et collant, pull-over violet à col roulé — et dont la tête était agrémentée d'une énorme tignasse sombre et hirsute. Il regardait avec un certain intérêt la jolie nièce de tante Géraldine, et la jeune fille ne paraissait pas indifférente à son admiration.

On fit halte pour déjeuner dans un restaurant situé au bord d'une rivière, et l'après-midi fut consacré à la visite du château de Blenheim.

Lorsqu'ils revinrent à l'hôtel où ils devaient passer la nuit, les voyageurs avaient déjà fait connaissance, Mrs Sandbourne, aussi compétente que pleine d'entrain, ayant adroitement créé de petits groupes.

Miss Marple pouvait maintenant mettre un nom sur chaque visage. Elle n'avait pas commis d'erreur sur l'identité du Pr Wanstead ni sur celle de son compagnon, qui était bien Mr Caspar. La femme autoritaire était Mrs Riseley-Porter, et sa nièce Joanna Crawford. Le jeune homme à l'horrible tignasse mal peignée était Emlyn Price. Joanna Crawford et lui semblaient s'être découvert des goûts communs sur certaines choses de la vie et avoir des idées bien arrêtées sur l'économie, les arts, la politique, tout en éprouvant une aversion générale pour le monde entier.

Les deux vieilles demoiselles, miss Lumley et miss Bentham, discutaient sans se lasser d'arthrite, de rhumatismes, de régimes et de médecins, ainsi que des nombreux voyages qu'elles avaient effectués à travers les différents pays d'Europe.

Les deux autres femmes qui voyageaient ensemble étaient miss Barrow et miss Cooke. Miss Marple avait toujours la vague impression de connaître cette dernière, mais elle ne pouvait pas se souvenir de l'endroit où elle l'avait vue. Peut-être n'était-ce là, d'ailleurs, que pure imagination de sa part. Pourtant, il lui semblait que les deux femmes faisaient tout leur possible pour l'éviter.

Parmi toutes ces personnes, l'une au moins devait

avoir pour elle une certaine importance. Le soir, comme on parlait de choses et d'autres, elle glissa dans la conversation le nom de Mr Rafiel, mais personne n'eut la moindre réaction.

Le jeune homme maigre était un architecte du nom de Richard Jameson, et la femme élégante qu'elle avait remarquée était miss Elizabeth Temple, directrice en retraite d'un lycée de jeunes filles très connu. Personne n'apparaissait donc aux yeux de miss Marple comme un meurtrier possible, à l'exception peut-être de Mr Caspar. Mais ce pouvait être là un simple préjugé à l'égard d'un étranger.

« Peut-être ferai-je mieux demain », se dit miss Marple tandis qu'elle se retirait dans sa chambre.

Les excursions étaient agréables mais fatigantes. Cependant, essayer d'étudier simultanément une quinzaine de personnes tout en s'efforçant de déterminer celle qui pouvait être impliquée dans un meurtre était une tâche plus harassante encore. Ces gens-là paraissaient être au-dessus de tout soupçon. Pourtant, miss Marple voulut encore parcourir la liste des voyageurs et prendre quelques notes sur son carnet.

Mrs Riseley-Porter ? Il était impossible qu'elle soit compromise dans un meurtre. Trop mondaine et égocentrique. Sa nièce ? Pas davantage. Mais elle pouvait évidemment détenir un renseignement utile.

Miss Elizabeth Temple ? C'était une personnalité intéressante, mais elle n'avait pas véritablement le profil d'une criminelle.

« En fait, se dit la vieille demoiselle, il se dégage d'elle une impression de totale intégrité. Mais, bien sûr, ce pourrait être la personne que Mr Rafiel souhaitait me voir rencontrer pour une raison quelconque.

Elle nota quelques-unes de ses remarques sur son carnet. Puis elle considéra la question sous un angle différent. Jusque-là, elle avait songé à un meurtrier éventuel. Mais pourquoi ne s'agirait-il pas d'une victime possible ? Mrs Riseley-Porter était riche, assez peu sympathique, et sa jolie nièce hériterait peut-être. Elle et l'anarchiste Emlyn Price avaient fort bien pu se liguer pour défendre farouchement la cause de l'anticapitalisme. Ce n'était pas une idée très plausible, mais aucune autre victime ne semblait possible.

Le Pr Wanstead ? C'était, elle en était persuadée, un homme attachant et plein de bonté. Savant ou médecin, elle l'ignorait. Mais il s'occupait certainement de science.

Mr et Mrs Butler ? De sympathiques Américains qui ne devaient connaître personne aux Antilles. Non, elle ne pensait pas que ce couple pût présenter pour elle le moindre intérêt.

Richard Jameson ? Elle ne voyait pas non plus ce que l'architecture pouvait avoir à faire dans cette histoire, à moins qu'il n'y eût un cadavre dissimulé dans une de ces demeures qu'on allait visiter. Dans ce cas, en tant qu'architecte, il pourrait l'aider à en découvrir l'emplacement.

— Vraiment, murmura miss Marple, il ne me vient en tête que des idées saugrenues.

Miss Cooke et miss Barrow ? Elle était certaine d'avoir déjà rencontré l'une d'elles. Mais où ?

Le colonel et Mrs Walker ? Des gens charmants, dont la conversation était extrêmement agréable.

Miss Bentham et miss Lumley ? Il était bien peu probable qu'elles fussent des criminelles. Par contre, en tant que vieilles filles, elles devaient connaître une somme considérable de cancans et pouvaient détenir un renseignement valable.

Mr Caspar ? Ce pouvait être un personnage dangereux. Il était surexcité. Pour l'instant, il fallait le laisser sur la liste des suspects.

Emlyn Price ? Il était sans doute étudiant, et les étudiants sont actuellement la violence même. Mr Rafiel l'aurait-il lancée sur la piste d'un étudiant ? Cela dépendait de ce que le jeune homme avait fait ou se proposait de faire. Peut-être était-ce un anarchiste convaincu.

— Mon Dieu, je suis épuisée, dit soudain miss Marple. Il est temps que je me couche.

Elle s'endormit dès qu'elle fut dans son lit, et son sommeil fut peuplé de rêves. Dans l'un de ceux-ci, elle voyait soudain tomber les sourcils du Pr Wanstead parce qu'ils étaient faux. Au même instant, elle s'éveilla en sursaut et eut l'impression, ainsi qu'il arrive fréquemment, que le rêve en question avait tout résolu.

« Bien sûr, se dit-elle, bien sûr. »

Ses sourcils étaient faux, et cela expliquait tout. Le criminel, c'était lui. Mais elle se rendit compte aussitôt que les sourcils du professeur n'expliquaient rien.

Hélas ! elle n'avait plus sommeil. Elle se leva, s'enveloppa dans sa robe de chambre, prit son carnet et s'installa dans un fauteuil. Son stylo se mit à courir sur le papier.

La mission que j'ai entreprise est liée à un crime. Mr Rafiel a été catégorique à ce sujet, dans la lettre qu'il m'a fait parvenir. Or, il ne savait de moi que ce qu'il avait appris au cours de mon séjour à Saint-Honoré. Là, nous nous sommes trouvés en face d'un meurtre. Les crimes relatés par la presse n'ont ja-

mais attiré mon attention, et je n'ai jamais lu, non plus, d'ouvrages traitant de criminologie. Il m'est simplement arrivé de me trouver dans le voisinage d'un crime plus souvent que la plupart des gens. Il existe aussi, dans la vie, d'étranges coïncidences. Je me rappelle qu'une de mes tantes s'était trouvée à cinq reprises dans un naufrage, et une de mes amies avait connu quatre accidents de taxi, trois accidents de voitures et deux de chemin de fer. Des choses de ce genre arrivent à certaines personnes sans qu'on puisse en déterminer la raison. Je répugne à écrire ceci, mais il semble que les meurtres se produisent assez fréquemment autour de moi.

Les instructions que j'ai reçues jusqu'à présent sont à peu près inexistantes, et je dois reconnaître que je suis complètement dans les ténèbres. Mr Rafiel, qui était un homme d'affaires au sens pratique particulièrement aiguisé, a agi cette fois d'étrange façon. Le seul point positif, c'est ce voyage pour lequel il a laissé des directives précises. Mais dans quel but ? L'explication la plus plausible paraît être que l'un des membres du groupe est compromis dans l'affaire que je suis chargée d'élucider. Quelqu'un est en possession de renseignements, ou bien se trouvait en rapport avec la victime. A moins que je n'aie affaire à un meurtrier encore insoupçonné.

Miss Marple s'interrompit brusquement. Elle paraissait satisfaite de son analyse de la situation et résolut de regagner son lit.

VI

L'AMOUR

Le lendemain, ils visitèrent un petit manoir datant de la reine Anne. C'était une demeure d'aspect charmant et d'un intérêt historique certain.

Richard Jameson ne pouvait se lasser d'admirer la beauté de l'édifice et, comme il aimait, de toute évidence, s'entendre parler, il s'attardait dans chaque salle que l'on traversait pour faire remarquer un détail particulier d'une moulure, d'un plafond ou d'une cheminée, citant en même temps des dates et des références historiques. Certains membres du groupe, d'abord modérément intéressés, se sentirent bientôt gagnés par l'impatience, à mesure que se poursuivait cette monotone conférence. Quelques-uns s'écartèrent et restèrent en arrière. Quant au guide local, il n'était pas, lui non plus, particulièrement satisfait de se voir usurper ses fonctions par un des visiteurs. Il essaya, à deux ou trois reprises, de redresser la situation compromise, mais Mr Jameson restait inébranlable. Il voulut cependant faire une dernière tentative.

— Mesdames et messieurs, c'est dans cette même pièce, appelée le salon blanc, que fut découvert le cadavre d'un jeune homme tué d'un coup de poignard. Cela se passait aux environs de 1700. On raconte que lady Moffatt avait un amant, lequel avait coutume de pénétrer dans cette pièce par une petite porte dissimulée derrière un panneau qui se trouvait à gauche de la cheminée. Son mari, sir Richard Moffatt, parti pour les Pays-Bas, revint un beau soir à l'improviste et surprit les deux amants.

Le guide s'interrompit, tout fier d'avoir enfin réussi à capter l'attention de l'auditoire.

— N'est-ce pas terriblement romantique, Henry ? dit Mrs Butler avec un accent américain. Tu sais, il y a vraiment une atmosphère particulière, dans cette pièce. Je la sens parfaitement.

— Mamie est très sensible aux atmosphères, expliqua fièrement son mari en se tournant vers les autres. Une fois, alors que nous séjournions en Louisiane, dans une très vieille maison...

L'histoire de la sensibilité spéciale de Mamie démarrait en trombe. Miss Marple et deux ou trois autres visiteurs saisirent cette occasion pour se glisser hors de la salle et descendre au rez-de-chaussée.

— Une de mes amies, dit miss Marple en s'adressant à miss Cooke et à miss Barrow qui se trouvaient près d'elle, a connu il y a quelques années une expérience affreuse en découvrant un matin un cadavre dans la bibliothèque.

— Quelqu'un de sa famille ? demanda miss Barrow. Une crise d'épilepsie, sans doute.

— Oh non ! Il s'agissait bel et bien d'un meurtre. Une femme blonde. Mais ses cheveux étaient décolorés : en réalité, elle était brune, et... Oh !...

Miss Marple se tut, les yeux fixés sur la chevelure de miss Cooke. L'explication venait de surgir comme un éclair dans son esprit. Elle savait pourquoi le visage de cette femme lui était familier et elle savait aussi où elle l'avait vue. Mais, à ce moment-là, ses cheveux étaient noirs.

Mrs Riseley-Porter descendait derrière elles. Elle les dépassa pour atteindre le hall.

— J'en ai vraiment assez de monter et de descendre ces escaliers, déclara-t-elle. De plus, l'ambiance de ces salles me pèse. Si j'ai bien compris, les jardins qui se trouvent autour du manoir sont célèbres. Je suggère que nous nous y rendions sans plus tarder. Le ciel commence à se couvrir, et nous pourrions bien avoir de la pluie avant la fin de la matinée.

L'autorité avec laquelle Mrs Riseley-Porter lançait ses remarques produisit son effet habituel : tous les visiteurs qui étaient dans les parages la suivirent docilement. Miss Marple, quant à elle, se dirigea vers un banc sur lequel elle s'assit en poussant un soupir de soulagement. Miss Temple vint presque aussitôt prendre place auprès d'elle.

— Ces visites sont toujours fatigantes, dit cette dernière, surtout lorsque vous devez subir un cours d'histoire dans chacune des salles que vous traversez.

— C'est vrai. Pourtant, ce que l'on nous a dit ne manquait pas d'intérêt.

Miss Temple tourna légèrement la tête vers sa compagne. Un éclair de compréhension nuancé de gaieté passa entre les deux femmes.

— Vous ne croyez pas ? demanda miss Marple.

— Non.

Cette fois, l'entente était définitivement établie entre elles.

— Ce jardin a été dessiné par Holman, vers 1798 ou 1800, expliqua miss Temple.

— Il est navrant qu'un homme comme lui ait disparu si jeune, car il avait vraiment du génie. Il est toujours triste de voir quelqu'un mourir jeune.

— Je n'en suis pas si sûre, répondit miss Temple d'un air songeur.

— Les jeunes qui meurent jeunes perdent tant de choses !

— Ou bien évitent tant de choses. J'ai passé presque toute mon existence au milieu des jeunes, et je considère la vie comme une période complète en soi. *La vie d'une rose et celle d'un if sont d'égale durée*, disait T.S. Eliot.

— Je comprends ce qu'il voulait exprimer. Une vie, quelle qu'en soit la durée, constitue une expérience complète. Mais ne pensez-vous pas qu'une vie pourrait être incomplète si on y mettait fin avant l'heure ?

— J'en suis persuadée.

Miss Marple laissa errer ses regards sur les massifs de fleurs.

— Ces pivoines sont magnifiques. Si fières en dépit de leur fragilité.

— Etes-vous venue pour voir les jardins ou les maisons ?

— Je crois que c'est surtout pour les maisons. J'aime beaucoup les jardins, mais ces vieilles demeures sont pour moi une chose nouvelle, avec leur diversité, leurs souvenirs historiques, le mobilier et les tableaux qu'elles renferment. C'est un de mes amis qui m'a offert ce voyage, et je lui en suis infiniment reconnaisante.

— C'est là, de sa part, une attention touchante.

— Prenez-vous souvent part à des voyages de ce genre ?

— Non. Pour moi, il ne s'agit pas exactement de tourisme.

Miss Marple la considéra avec intérêt et ouvrit la bouche pour parler. Pourtant, elle se retint de poser une question.

— Vous vous demandez sans doute pour quelle raison je suis ici, reprit miss Temple avec un sourire. Pourquoi n'essaieriez-vous pas de le deviner ? Cela m'intéresserait beaucoup.

Miss Marple garda le silence pendant quelques instants, les yeux fixés sur son interlocutrice.

— Je sais, dit-elle enfin, que vous êtes une personne connue, et que votre école ne l'est pas moins. Mais je ne me servirai pas de ce que j'ai pu apprendre sur vous. Je vais seulement hasarder une hypothèse d'après votre apparence, d'après ce que je peux observer de vous et de votre comportement. Je vous vois un peu comme... quelqu'un qui effectue un pèlerinage.

Il y eut un autre silence.

— Vous avez deviné juste, dit ensuite miss Temple. Je suis véritablement en pèlerinage.

— L'ami qui m'a offert ce voyage, reprit miss Marple après un instant, est maintenant disparu. Il s'appelait Mr Rafiel. Le connaissiez-vous, par hasard ?

— Jason Rafiel ? Je le connaissais de nom, bien entendu, mais je ne l'ai jamais rencontré, bien qu'il ait fait don d'une somme importante à un projet scolaire auquel je m'intéressais. J'ai appris sa mort par les journaux, il y a quelques semaines... C'était donc un de vos amis.

— Peut-être le terme n'est-il pas tout à fait exact. J'avais fait sa connaissance aux Antilles, il y a environ dix-huit mois. Malgré cela, je n'ai jamais su grand-chose de lui, car il était extrêmement réservé. Connaissez-vous sa famille ? Je me suis souvent demandé bien des choses à son sujet, mais on n'aime pas beaucoup poser des questions qui peuvent paraître indiscrètes, n'est-ce pas ?

Elizabeth Temple garda le silence pendant une bonne minute.

— J'ai connu autrefois une jeune fille qui avait été une de mes élèves, à Fallowfield, et qui, à une certaine époque, a été fiancée au fils de Mr Rafiel.

— Elle ne l'a pas épousé ?

— Non. Peut-être avait-elle trop de bon sens pour cela. Ce qui est certain, c'est que ce jeune homme n'était pas très recommandable. Il s'agissait d'une jeune fille très douce, absolument adorable. Mais j'ignore, en réalité, pourquoi les fiançailles ont été rompues. Personne ne me l'a jamais dit. Cependant, elle est morte.

— De quoi ? demanda doucement miss Marple.

— D'amour.

Et le mot sembla résonner comme un glas, tandis qu'Elizabeth Temple laissait errer ses regards sur les parterres de fleurs.

— D'amour ? répéta miss Marple.

— Un des mots les plus effrayants qui soient au monde, reprit sa compagne d'une voix chargée de tristesse et d'amertume. L'amour...

VII

L'INVITATION

Miss Marple déclara qu'elle était un peu fatiguée et qu'elle ne prendrait pas part à la visite d'une église du XIVᵉ siècle prévue pour l'après-midi. Elle se reposerait et attendrait ensuite les autres au salon de thé de la grand-rue où tout le monde devait se retrouver.

Assise dans un confortable fauteuil, elle réfléchissait à ce qu'elle devait faire maintenant. Lorsque les autres membres du groupe la rejoignirent, à l'heure du thé, il ne lui fut pas difficile de suivre discrètement miss Cooke et miss Barrow pour aller prendre place avec elles à une table de quatre. Mr Caspar vint se joindre à elles, mais miss Marple le jugeait trop peu familiarisé avec la langue anglaise pour être gênant.

— Vous savez, dit-elle en se penchant vers miss Cooke, je suis absolument certaine que nous nous sommes déjà rencontrées.

Miss Cooke se tourna d'un air indécis vers miss Barrow, laquelle ne paraissait pas autrement désireuse d'éclaircir le mystère.

— Je me demande si vous n'avez pas séjourné dans ma région, poursuivit miss Marple. J'habite St Mary Mead. Ce n'est qu'un petit village, mais il y a beaucoup de constructions nouvelles. Ce n'est pas très loin de Much Benham, à vingt kilomètres seulement de Loomouth.

— Je connais très bien Loomouth, et il se peut...

— Mais bien sûr ! s'écria soudain miss Marple. Je me souviens : je me trouvais un jour dans mon jardin quand vous êtes passée sur le chemin. Vous m'avez adressé quelques mots et m'avez dit que vous résidiez chez une amie...

— Mais oui ! Suis-je bête de ne pas m'être souvenue de cela tout de suite. Nous avons même parlé de la difficulté de trouver un bon jardinier. Je séjournais chez... chez...

Miss Cooke hésita, comme si elle ne retrouvait pas le nom.

— Chez Mrs Sutherland, peut-être ? suggéra miss Marple.

— Non, non. C'était... euh... Mrs...

— Hastings, déclara miss Barrow en prenant un morceau de gâteau au chocolat.

— Ah oui ! Dans une de ces maisons neuves.

— Hastings, intervint Mr Caspar qui semblait n'avoir rien compris à la conversation. Je suis allé à Hastings, une fois. A Eastbourne aussi. Très beau. Au bord de la mer.

— Quelle étrange coïncidence, reprit miss Marple, que de se rencontrer à nouveau aussi vite. Le monde est vraiment petit.

— Ma foi, tout comme vous, j'aime les beaux jardins.

— Les fleurs sont très belles, intervint encore Mr Caspar. J'aime beaucoup, moi aussi.

Miss Marple et miss Cooke se mirent à parler jardinage en termes assez techniques. Miss Barrow disait un mot de temps à autre, tandis que Mr Caspar souriait en silence.

Un peu plus tard, alors qu'elle se reposait après avoir dîné, miss Marple se replongea dans ses réflexions. Miss Cooke avait reconnu avoir séjourné à St Mary Mead. Mais était-ce bien là une coïncidence ? N'avait-elle pas plutôt une bonne raison de s'y rendre ? Ne l'y avait-on pas envoyée ? Et dans quel but ?

« Toute coïncidence, se dit la vieille demoiselle, doit être examinée sérieusement. Il est toujours temps d'écarter le fait par la suite s'il s'agit véritablement d'un hasard. »

Miss Cooke et miss Barrow ne paraissaient pas être autre chose que deux amies. Elles avaient déclaré qu'elles prenaient part ensemble à un voyage tous les ans. L'année précédente, elles avaient fait une croisière en Grèce, et deux ans plus tôt un voyage aux Pays-Bas. Elles semblaient être parfaitement inoffensives. Pourtant, miss Marple était persuadée que miss Cooke avait été sur le point de nier être jamais allée à St Mary Mead. Elle avait alors regardé son amie, comme pour demander ce qu'elle devait répondre.

— Evidemment, il se peut que je me laisse emporter par mon imagination.

Pourtant, le mot « danger » vint soudain à l'esprit de miss Marple. Mr Rafiel s'en était servi dans sa première lettre, et il avait parlé de son ange gardien dans sa seconde missive. Etait-elle véritablement en danger ? Et d'où ce danger pourrait-il venir ? Sûrement pas de miss Cooke et de miss Barrow. Tout de même, la première avait décoloré ses cheveux et changé de coiffure, exactement comme si elle souhaitait déguiser son identité, ce qui était pour le moins bizarre. Et puis, il y avait Mr Caspar. Il était encore plus facile de voir en lui un personnage dangereux. Peut-être connaissait-il l'anglais mieux qu'il ne voulait le laisser paraître ? Miss Marple n'avait jamais pu se débarrasser complètement de ses préjugés victoriens à l'égard des étrangers, chose d'autant plus absurde — elle s'en rendait parfaitement compte — qu'elle avait de nombreux amis dans différents pays.

Et Emlyn Price, le jeune énergumène aux longs cheveux ? Ce révolutionnaire, cet anarchiste militant ? Et ces Américains ? N'étaient-ils pas trop charmants pour être irréprochables ?

— Vraiment, soupira miss Marple, il est temps que je me ressaisisse.

Elle reporta son attention sur l'itinéraire du lendemain. L'excursion projetée menaçait d'être assez fatigante, mais on précisait que les personnes qui désiraient se reposer pourraient soit rester à l'hôtel, soit entreprendre une courte promenade d'une demi-heure jusqu'à un endroit pittoresque des environs. Elle se dit qu'elle adopterait sans doute cette dernière solution. Elle ne se doutait pas que ses projets allaient soudain se trouver bouleversés.

Le lendemain, comme elle descendait de la chambre qu'elle occupait au *Sanglier d'or*, elle fut abordée par une inconnue vêtue d'un modeste manteau de tweed.

— Excusez-moi, vous êtes bien miss Marple ?

— Mais... certainement.

— Je m'appelle Mrs Glynne. J'habite non loin d'ici, avec mes deux sœurs, et... comme nous avons appris votre venue...

— Vous avez appris ma venue ?

Le visage de miss Marple reflétait la surprise la plus intense.

— Oui. Un de nos très vieux amis nous a écrit, il y a environ trois semaines pour nous signaler que vous prendriez sans doute part à ce voyage. Il s'agit de Mr Rafiel.

— Oh ! Mr Rafiel. Je suppose que vous savez que...

— Qu'il est mort, oui. Nous l'avons appris peu de temps après avoir reçu sa lettre. Mais nous avons tout de même voulu agir selon ses instructions. Il avait suggéré que vous veniez passer deux jours chez nous, si vous le voulez bien. Comme cette partie du voyage est assez épuisante, surtout pour une personne d'un certain âge, mes sœurs et moi serions très heureuses si vous acceptiez notre offre. Nous habitons à moins de dix minutes de marche de l'hôtel, et nous pourrons vous montrer maintes choses dignes d'intérêt.

Miss Marple hésita un instant. Mrs Glynne ne lui déplaisait pas, avec son physique un peu dodu, son air franc et amical quoique un peu timide. Et puis, elle ne pouvait négliger les instructions de Mr Rafiel. Elle se demanda pourtant pourquoi elle se sentait nerveuse.

Elle leva les yeux vers Mrs Glynne, qui attendait apparemment anxieuse.

— Je vous remercie. C'est très aimable à vous, et je serai ravie d'accepter votre invitation.

VIII

LES TROIS SŒURS

Miss Marple était debout devant la fenêtre de sa chambre. Celle-ci donnait sur un jardin pour l'entretien duquel on avait dû dépenser fort peu d'argent au cours des dernières années. La maison, qui s'appelait le Vieux Manoir, était solidement construite et d'une beauté imposante. Mais elle aussi avait visiblement manqué d'entretien.

Tandis que Mrs Glynne conduisait miss Marple jusqu'à sa chambre, elle lui avait appris que c'était là l'héritage de son vieil oncle et qu'elle était venue vivre avec ses sœurs après la mort de son mari. Mais elles avaient vieilli, le travail était devenu de plus en plus difficile à trouver, et leurs ressources s'étaient singulièrement amenuisées. Ses sœurs — Clotilde et Anthea Bradbury-Scott — étaient restées célibataires.

Tout en laissant errer ses regards sur le jardin, miss Marple songeait une fois de plus à Mr Rafiel. Elle avait maintenant l'impression qu'elle n'allait pas tarder à mieux comprendre la tâche qu'il avait voulu lui confier. Apparemment, Mrs Glynne et ses sœurs avaient quelque chose à voir dans cette enquête. Mais quoi ? Deux jours, c'était bien court pour parvenir à un résultat. Le surlendemain, il lui faudrait rejoindre ses compagnons de voyage, à moins que, d'ici là, elle n'ait découvert un indice. Mais les trois sœurs étaient-elles ses alliées, ou bien ses ennemies ? C'était le premier point à élucider.

Elle en était là de ses méditations lorsqu'on frappa à la porte, et Mrs Glynne entra.

— J'espère que vous vous trouverez bien, dit-elle. Puis-je vous aider à ranger vos affaires ? Il y a bien Janet, notre femme de ménage, mais elle ne vient que le matin.

— Je vous remercie. Mais je n'ai apporté que le strict nécessaire.

— Je vais donc vous montrer le chemin pour regagner le rez-de-chaussée, car la maison est pleine de coins et de recoins. De plus, il y a deux escaliers, ce qui ne facilite pas les choses, et il arrive souvent que les visiteurs s'égarent dans les couloirs. Nous allons prendre un verre de xérès avant le déjeuner.

Miss Marple suivit son guide.

— Vous avez là une très belle maison, fit-elle remarquer. Je suppose qu'elle date de la fin du XVIIIe siècle.

— Oui. Elle a été construite aux environs de 1780, si je ne me trompe.

Le salon était une vaste et belle pièce, qui contenait quelques meubles de valeur, parmi lesquels un bureau d'époque de la reine Anne. Il y avait des rideaux de Perse aux fenêtres, mais ils étaient un peu passés. Quant au tapis qui recouvrait le sol, il était, lui aussi, passablement élimé.

Les demoiselles Bradbury-Scott étaient déjà là, et elles se levèrent à l'entrée de miss Marple. L'une d'elles lui avança un siège, l'autre lui présenta un verre de xérès. L'aînée, Clotilde, était une grande et belle femme, brune avec des yeux noirs. La cadette, Anthea, était maigre, avec des cheveux autrefois blonds mais maintenant grisonnants qui retombaient en désordre sur ses épaules. Miss Marple lui trouva une apparence spectrale et songea qu'elle aurait parfaitement pu tenir le rôle d'une Ophélie un peu mûre. Elle avait de grands yeux gris inquiets et regardait sans cesse autour d'elle, comme si elle se croyait épiée. Sa sœur Clotilde ne pouvait certes pas être prise pour une Ophélie, mais elle aurait fait une remarquable Clytemnestre qu'on aurait fort bien imaginée poignardant son mari dans son bain. Cependant, il n'y avait pas d'Agamemnon dans cette demeure. D'ailleurs, elle n'avait jamais été mariée.

Elle expliqua à nouveau que le Vieux Manoir avait appartenu à son grand-oncle, puis à son oncle qui le leur avait légué à sa mort.

— Il n'avait qu'un fils, précisa-t-elle, et il a été tué pendant la guerre. Nous sommes véritablement les dernières survivantes de la famille, à l'exception de quelques cousins éloignés.

— La maison est très belle et admirablement proportionnée, fit observer miss Marple.

— Oui. Nous souhaiterions seulement qu'elle ne soit pas aussi vaste. Les réparations coûtent cher, et nous avons été contraintes de laisser une partie des dépendances tomber en ruine, en particulier la serre, qui était autrefois fort belle.

— Il y avait une splendide treille de raisins muscats, et des héliotropes grimpaient aux murs. Mais, pendant la guerre, il était impossible de trouver des jardiniers et des ouvriers, et tout s'est effondré faute d'avoir subi les réparations indispensables.

Mrs Glynne s'était absentée pour se rendre à la cuisine, et tout en écoutant les demoiselles Bradbury-Scott, miss Marple se disait qu'il y avait dans cette vieille demeure une étrange atmosphère de mélancolie et même de tristesse qu'il paraissait impossible de chasser tant elle était profondément incrustée. Elle sentit soudain un frisson la parcourir.

IX

LE POLYGONUM BALDSCHUANICUM

La salle à manger comprenait un grand buffet lourd et massif, ainsi qu'une vaste table autour de laquelle dix convives auraient aisément pu prendre place. Aux murs étaient accrochés des portraits de l'époque victorienne sans grande valeur artistique.

Le repas comprenait une petite épaule d'agneau accompagnée de pommes de terre rôties et suivies d'une tarte aux prunes.

Miss Marple parla de son voyage et des menus incidents qui l'avaient marqué.

— Je suppose que Mr Rafiel était un de vos vieux amis ? demanda Clotilde.

— Pas vraiment. Je l'avais rencontré au cours d'un voyage aux Antilles où il s'était lui-même rendu pour raison de santé.

— Il était en effet très handicapé depuis plusieurs années, dit Anthea.

— J'admirais beaucoup sa force de caractère et son courage. Chaque jour, il dictait son courrier, envoyait des câbles en Angleterre ou ailleurs, sans jamais se laisser abattre.

— Ce n'était pas le genre d'homme à baisser les bras, affirma Anthea.

— Ces dernières années, nous ne l'avions guère vu, reprit Mrs Glynne, mais il n'oubliait jamais de donner de ses nouvelles pour Noël.

— Habitez-vous Londres, miss Marple ?

— Non. Je vis à la campagne, dans un petit village situé entre Loomouth et Market Basing. Mr Rafiel, lui, habitait Londres, je crois. A Eaton Square ou Belgrave Square, je ne me rappelle plus très bien. J'avais cependant lu son adresse sur le registre de l'hôtel.

— Il avait aussi dans le Kent une maison de campagne où il recevait parfois, surtout des hommes d'affaires ou des gens venus de l'étranger. Mais aucune de nous trois n'y est jamais allée.

— C'était très gentil de vous avoir suggéré de m'inviter. On ne se serait pas attendu, de la part d'un homme si occupé, à tant de sollicitude.

— Il nous est arrivé plusieurs fois de recevoir des amies qui prenaient part à ces voyages. Les excursions sont remarquablement bien organisées, mais souvent un peu pénibles pour les personnes âgées. Je suis certaine que vous auriez trouvé épuisante celle d'aujourd'hui. Demain on a prévu, me semble-t-il, la visite d'une île. Or, la mer est quelquefois assez mauvaise, dans ces parages.

— Visiter ces demeures historiques et piétiner dans ces immenses salles est aussi très fatigant, et je ne devrais pas m'engager dans de telles expéditions, mais la tentation est si forte de voir de beaux édifices, des meubles d'époque, des tableaux de maîtres.

— Et des jardins, ajouta Anthea. Vous aimez également les jardins, n'est-ce pas ?

— Certainement. Et j'ai hâte de voir ceux qui sont signalés dans la brochure touristique.

Toute cette conversation était parfaitement naturelle, et cependant miss Marple se demandait pour quelle raison elle ressentait une certaine nervosité. Il lui semblait qu'il y avait dans cette maison quelque chose d'étrange. Les trois sœurs lui rappelaient, malgré elle, les trois sorcières de Macbeth. Elle leva les yeux vers Anthea. Pourquoi donc lui trouvait-elle quelque chose de sinistre ?

« Je me laisse encore emporter par mon imagination », se dit-elle. Il faut absolument que je me garde de ce travers.

Après le repas, Anthea lui proposa de lui faire visiter le jardin. Il avait tout l'aspect d'un jardin de l'époque victorienne, avec son massif d'arbustes et son allée bordée de lauriers. Il y avait certainement eu jadis une pelouse et des parterres, ainsi qu'un potager. Mais la plus grande partie en était maintenant envahie par les mauvaises herbes. Ayant longé une allée herbeuse, les deux femmes parvinrent devant une sorte de tertre, tout contre le mur du fond.

— C'est notre serre, expliqua Anthea d'un air triste.

— C'est là que vous aviez votre treille, n'est-ce pas ?

— Oui. Et un splendide héliotrope. Mais la maison est restée inhabitée pendant longtemps, et la serre s'est effondrée. Nous n'avions pas d'argent pour la reconstruire. Et d'ailleurs, même si nous avions eu les moyens de le faire, nous aurions été incapables de l'entretenir.

— Quelle est donc cette plante grimpante qui envahit tout ?

— C'est un arbuste assez commun. Ça commence

par un P, mais quel est son nom ? Poly... quelque chose.

— J'y suis ! Ce doit être un polygonum baldschuanicum. Ça pousse très vite et c'est très pratique pour cacher un vieux bâtiment ou un mur en ruine.

Le tertre était entièrement recouvert par la plante qui étouffait toute autre végétation.

— La serre devait être fort grande, reprit miss Marple.

— Oui, répondit Anthea d'un air malheureux. Il y avait des pêches, des brugnons...

— C'est encore très joli, avec ces milliers de petites fleurs du polygonum.

— Je crois qu'il y avait ici autrefois un très beau parterre. Mais cela aussi est trop difficile à entretenir. Tout est trop difficile. Rien n'est plus comme jadis.

Elle s'engagea rapidement dans un étroit sentier qui longeait le mur. Si rapidement, en vérité, que miss Marple pouvait à peine la suivre. On aurait dit qu'elle avait hâte de s'éloigner de la vieille serre.

« Cela ressemble presque à une fuite », songea miss Marple.

Puis son attention fut attirée par une ancienne porcherie, elle aussi écroulée.

— Mon grand-oncle élevait des cochons, expliqua Anthea. Mais, bien entendu, on n'aimerait pas faire cela de nos jours. Ces animaux sont trop bruyants. Près de la maison, nous avons des rosiers floribundas. Il me semble que ce genre de fleurs résout bien des difficultés.

— C'est vrai, reconnut miss Marple.

Elle mentionna quelques-unes des plus récentes créations, en matière de rosiers, mais elle eut l'impression que tous les noms qu'elle venait de citer étaient inconnus de miss Bradbury-Scott.

— Prenez-vous souvent part à ces voyages touristiques ?

La question avait été lancée à brûle-pourpoint.

— Oh non ! Je ne pourrais pas me le permettre, car ils sont très coûteux, et je n'aurais pas pu entreprendre celui-ci sans la sollicitude de Mr Rafiel.

— Pourtant, si vous allez aux Antilles ou dans d'autres pays lointains...

— Mon voyage aux Antilles m'avait également été offert. Par mon neveu. Il arrive parfois que les jeunes sachent se montrer gentils et prévenants. Votre sœur, Mrs Glynne, a-t-elle des enfants ?

— Non. Elle n'en a jamais eu. Et peut-être cela vaut-il mieux.

Tout en reprenant le chemin de la maison, miss Marple se demandait ce que signifiait cette dernière réflexion.

X

LES JOURS D'ANTAN

Le lendemain matin, à 8 heures et demie, on frappa à la porte de miss Marple, et une femme d'un certain âge entra, portant un plateau chargé d'une théière, d'un pot de lait, d'une tasse et de tartines beurrées.

— Votre thé, mademoiselle, dit-elle joyeusement. Une belle journée. Je vois que vous avez déjà tiré vos rideaux. Avez-vous bien dormi ?

— Très bien, merci.

— Vos compagnons de voyage auront du beau temps pour se rendre au rocher de Bonaventure, ce matin. Mais il vaut tout de même mieux que vous n'y alliez pas ; c'est une excursion assez pénible.

— Je suis très heureuse d'être ici. Mrs Glynne et les demoiselles Bradbury-Scott ont été vraiment très aimables de m'inviter chez elles.

— C'est agréable pour elles aussi. Votre présence les distrait, car cette maison n'est plus très gaie maintenant.

La femme écarta un peu plus les rideaux et posa un broc d'eau chaude dans la cuvette de la table de toilette.

— Il y a une salle de bains à l'étage au-dessus, expliqua-t-elle, mais nous avons pensé qu'il était mieux de vous porter votre eau chaude, afin de vous éviter la fatigue de l'escalier.

— C'est très aimable à vous. Je suppose que vous êtes ici depuis longtemps ?

— Je suis arrivée lorsque j'étais jeune fille. A cette époque-là, il y avait trois domestiques, au manoir : une cuisinière et deux femmes de chambre. Il y avait même un valet d'écurie pour s'occuper des chevaux. C'était le bon temps, mais les choses ont bien changé. Le colonel a perdu sa femme, toute jeune, puis son fils a été tué à la guerre, et sa fille, mariée à un Néo-Zélandais, est partie vivre à l'autre bout du monde. Pas longtemps, d'ailleurs, puisqu'elle est morte en couches avec son bébé. Le colonel, lui, vivait ici dans la solitude la plus complète, et il a fini par tout laisser à l'abandon. A sa mort, il a légué le manoir à ses nièces. Miss Clotilde est venue y habiter avec miss Anthea, et Mrs Glynne les a rejointes après la mort de son mari.

La vieille domestique hocha la tête et poussa un soupir :

— Elles n'ont jamais fait grand-chose pour l'entretien de la maison. Elles n'en ont pas les moyens. Mais ce sont de braves personnes. Miss Anthea n'est sans doute pas très instruite, mais miss Clotilde est allée à l'université, et elle parle trois langues. Mrs Glynne est très gentille, elle aussi. Quand elle est venue habiter avec ses sœurs, j'ai pensé que les choses iraient peut-être mieux. Mais on ne sait jamais ce que réserve l'avenir, n'est-ce pas ? Il me semble quelquefois qu'il y a un sort sur cette maison.

Miss Marple leva vers elle un regard interrogateur.

— D'abord une chose, puis une autre. Ce terrible accident en Espagne, où tout le monde a péri. De sales engins, ces avions ! Les amis de miss Clotilde — le mari et la femme — ont été tués tous les deux. Leur fille a échappé à la mort parce qu'elle était au collège, à ce moment-là. Ensuite, miss Clotilde l'a prise avec elle, la traitant comme sa propre fille. Elle l'emmenait même faire des voyages en Italie ou en France. C'était une jeune fille adorable. Jamais on n'aurait pensé qu'un drame aussi affreux pourrait se produire.

— Que s'est-il donc passé ?

— Elle a rencontré un jeune homme, qui se trouvait dans le voisinage et dont les demoiselles Bradbury-Scott connaissaient le père, un homme très riche.

— Et ils sont tombés amoureux l'un de l'autre.

— Oui. Elle l'a aimé tout de suite. C'était un beau garçon, qui parlait bien...

— L'amourette a mal tourné, je suppose, et la jeune fille s'est suicidée.

76

— Suicidée ? répéta la femme en ouvrant de grands yeux remplis d'étonnement. Qui a pu vous raconter ça ? Elle a été assassinée. Etranglée. Et ensuite... on lui a mis le visage en bouillie. Miss Clotilde a dû aller l'identifier. Depuis ce jour-là, elle n'est plus tout à fait la même. On a découvert le corps à une bonne cinquantaine de kilomètres d'ici, au milieu des broussailles d'une carrière abandonnée. Et on croit que ce n'était pas le premier crime qu'il commettait. Il y avait eu d'autres filles. Celle-ci avait disparu depuis six mois. Ce jeune homme était un mauvais sujet, un vrai démon. Aujourd'hui, on raconte toujours que ces gens-là ont agi sur une impulsion, qu'ils ne sont pas responsables de leurs actes. Mais je n'en crois pas un mot. Un assassin est un assassin. Et maintenant, on ne veut même plus les pendre ! Je sais bien qu'il y a parfois de la folie dans les vieilles familles. Chez les Derwent, par exemple. Toutes les deux générations, il y en a un qui meurt à l'asile. Il y a aussi la mère Paulett, qui se promenait par les chemins avec une tiare en diamants en déclarant qu'elle était Marie-Antoinette jusqu'au moment où on l'a enfermée. Mais elle ne faisait de mal à personne. Tandis que ce garçon était un criminel endurci.

— Qu'est-il devenu ?

— A ce moment-là, on devait déjà avoir aboli la peine de mort. Ou alors, il était trop jeune, je ne sais plus. Il a été déclaré coupable et envoyé à Bostol.

— Comment s'appelait-il ?

— Michael. Je ne me rappelle pas bien son nom de famille, car il y a déjà dix ans de cela. Mais ça ressemblait un peu à un nom italien. Je crois qu'il y avait autrefois un peintre qui portait un nom comme celui-là. Quelque chose comme Raffle... ou Raphael, peut-être.

— Michael Rafiel ?

— C'est ça ! A un certain moment, on a fait courir le bruit que le père, grâce à son argent, l'avait fait évader de prison, mais je crois que ce n'étaient que des cancans.

Ainsi donc, il n'y avait pas eu de suicide mais un meurtre. « L'amour ! » avait dit Elizabeth Temple lorsque miss Marple lui avait demandé de quoi la jeune fille était morte. Et, en un sens, elle avait raison. La pauvre enfant était tombée amoureuse, et elle était ainsi allée au-devant d'une mort atroce.

Miss Marple frissonna. La veille, en allant au village, elle avait aperçu les gros titres d'un journal : LE MEURTRE D'EPSOM. LE CORPS D'UNE SECONDE JEUNE FILLE A ETE DECOUVERT. LA POLICE DEMANDE LA COOPERATION DES JEUNES.

L'histoire était donc une éternelle répétition. Qui préserverait la jeunesse de la douleur et de la mort ? Cette jeunesse qui n'était pas, qui n'avait jamais été capable de se préserver elle-même. N'en savait-elle pas assez ? Ou bien, au contraire, en savait-elle trop et croyait-elle tout connaître ?

Ce matin-là miss Marple descendit sans doute un peu plut tôt qu'on ne l'attendait, et elle ne trouva personne au rez-de-chaussée. Elle sortit pour aller faire un tour dans le jardin. Non point qu'il lui plût particulièrement, mais elle avait comme le pressentiment que quelque chose lui avait échappé, à moins que ce quelque chose ne se soit gravé inconsciemment dans son esprit.

Elle n'avait aucune hâte de rencontrer les trois sœurs, car elle voulait réfléchir aux faits nouveaux que lui avait appris le bavardage matinal de la vieille femme de chambre.

Une porte latérale était ouverte. Elle prit la direction du village et longea les petites boutiques jusqu'à l'église, entourée du cimetière. Elle poussa la grille et s'avança. Certaines tombes étaient très anciennes et présentaient peu d'intérêt. Les noms de Prince et de Broad revenaient fréquemment sur les pierres.

Miss Marple allait s'éloigner quand elle aperçut le vieux fossoyeur qui circulait entre les tombes. Il la salua respectueusement.

— Bonjour, répondit-elle. Belle journée, n'est-ce pas ?

— Oui, mais il pleuvra sûrement dans la soirée.

— Je viens de faire un tour dans le cimetière. Il y a beaucoup de Broad et de Prince enterrés ici.

— Ce sont des noms assez répandus dans la région.

— Il y a même une toute jeune fillette. Il est triste de voir une tombe d'enfant.

— Vous voulez parler de la petite Mélanie Prince. Elle avait quatre ans quand elle a été renversée par une voiture, au moment où elle traversait la rue pour aller acheter des bonbons. Ce sont des accidents qui arrivent trop fréquemment de nos jours, avec ces automobilistes qui roulent comme des fous.

— Il y a beaucoup de morts, c'est vrai. Des gens âgés ou malades, bien sûr, mais aussi des choses plus terribles : des enfants écrasés, des jeunes filles assassinées...

— Oui. De petites sottes, pour la plupart. Mais leurs mères, accablées de travail, n'ont pas toujours le temps de veiller sur elles comme il faudrait. Vous séjournez au Vieux Manoir, je crois ? Et vous êtes venue avec le car d'excursions.

— Oui, mais certaines promenades sont un peu fatigantes pour une vieille personne. C'est un de mes amis, Mr Rafiel, qui a prévenu les demoiselles Bradbury-Scott de mon passage, et elles ont eu la gentillesse de m'inviter à passer deux jours chez elles.

Mais le nom de Rafiel, que miss Marple avait introduit à dessein dans la conversation, ne signifiait visiblement rien pour le jardinier.

— Mrs Glynne et ses sœurs ont été charmantes, poursuivit-elle. Je suppose qu'elles habitent ici depuis longtemps ?

— Pas tellement. Une vingtaine d'années. Le manoir appartenait au colonel Bradbury-Scott. Il est mort à l'âge de soixante-dix ans, après avoir perdu sa femme, son fils et sa fille. Et il a laissé la maison à ses nièces, naturellement.

Le vieux retourna à son travail, et miss Marple entra dans l'église, le front soucieux. Etait-elle enfin sur la bonne piste ? Certains faits paraissaient s'assembler, mais le tableau était encore loin d'être clair. Une jeune fille avait été assassinée — plusieurs, en réalité —, des jeunes gens — ou des « jeunes », comme on les appelle généralement aujourd'hui — avaient été ramassés par la police pour « aider à mener l'enquête ». Mais l'affaire qui intéressait miss Marple remontait à une douzaine d'années. Comment pouvait-elle espérer l'élucider ?

Il lui fallait absolument obtenir d'autres renseignements d'Elizabeth Temple. L'ancienne directrice de collège lui avait parlé d'une jeune fille qui avait été fiancée à Michael Rafiel. Pourtant, Mrs Glynne et ses sœurs ne paraissaient pas être au courant de ce fait.

Un tableau tristement familier se présenta alors à son esprit, un événement qui se produit assez souvent. Ça commence toujours de la même manière :

une fille rencontre un garçon, et l'aventure se poursuit. Seulement, un beau jour, la jeune fille s'aperçoit qu'elle est enceinte. Elle fait part de la nouvelle au jeune homme et lui demande de l'épouser. Mais, souvent, il n'a jamais été dans ses intentions d'en arriver là. Ou bien il s'est déjà lassé d'elle, lorsqu'il n'en a pas une autre. Alors, il pense se tirer d'affaire en employant la manière forte : il étrangle la fille et défigure le cadavre pour empêcher l'identification.

Miss Marple laissa errer son regard autour de la petite église. Ce lieu était si paisible que l'on pouvait à peine croire à la réalité du mal. Elle quitta le banc où elle était assise et ressortit, se demandant ce qui avait pu provoquer, la veille, cette étrange impression qu'elle avait ressentie en traversant le jardin du Vieux Manoir. Il lui semblait que les trois sœurs devaient savoir quelque chose. Mais quoi ?

Sa pensée revint ensuite à miss Temple. Elle l'imaginait, avec les autres membres du groupe, escaladant les dunes pour contempler la mer. Demain, elle s'arrangerait pour la faire parler à nouveau. Elle reprit le chemin du manoir en se disant que la matinée n'avait guère été fructueuse. Mrs Glynne, qui était debout près de la grille, s'avança à sa rencontre.

— Oh, vous voilà ! Nous nous demandions où vous étiez. Si j'avais su que vous vouliez sortir, je vous aurais accompagnée pour vous montrer ce qu'il y a à voir dans le village. Assez peu de choses, d'ailleurs.

— Je suis seulement allée faire une petite promenade jusqu'à l'église. Je m'intéresse aux églises : elles contiennent parfois de si curieuses épitaphes ! J'imagine que celle-là a été restaurée au siècle dernier ?

— Oui. Mais elle n'est pas très ancienne, vous

savez. Vous vous intéressez donc à l'architecture religieuse ?

— Pas spécialement. Mais, que voulez-vous, dans un petit village comme celui que j'habite, tout tourne autour de l'église, si je puis dire. Du moins en était-il ainsi dans ma jeunesse ; il faut pourtant reconnaître que les choses ont un peu changé. Avez-vous été élevée dans cette région ?

— Nous habitions à une cinquantaine de kilomètres d'ici, à Little Herdsley. Mon père était commandant d'artillerie en retraite, et nous venions de temps à autre rendre visite à mon oncle. Après la mort de ce dernier, mes deux sœurs sont venues s'installer au manoir. Mais, à ce moment-là, j'étais encore à l'étranger avec mon mari. Nous avons passé cinq ans aux Indes, et il y est mort. Rentrée en Angleterre, j'ai acheté une petite villa près de Londres, à Hampton Court, où je passe une partie de mon temps. Et je travaille, à l'occasion, pour des œuvres de charité.

— Vous êtes donc très prise.

— C'est vrai. Mais, récemment, j'ai songé que je devrais peut-être venir plus souvent ici, car je me faisais du souci pour mes sœurs.

— A cause de leur santé ?

— En partie, oui. Clotilde a toujours été robuste, mais Anthea m'inquiète parfois. Elle est un peu bizarre. Il lui arrive, par exemple, de s'en aller à l'aventure et de ne plus très bien savoir où elle se trouve. Souvent aussi, elle se tourmente affreusement à propos du jardin. Elle se le rappelle tel qu'il était autrefois, et elle souhaiterait le remettre en état. Clotilde a eu beau lui expliquer qu'elle ne peut se permettre cela en ce moment, elle ne cesse de parler de la serre, des raisins, des pêches, de tout ce qu'il y avait jadis.

— Et de l'héliotrope, j'imagine.

— Oui. C'est aussi une des choses qui la tracassent. Elle aimerait également avoir un beau parterre, mais ce n'est vraiment pas réalisable.

— Cette situation doit vous créer bien des difficultés.

— Certes. D'autant que les meilleurs arguments n'ont guère de prise sur elle. Cependant, Clotilde ne se laisse pas faire. L'autre jour, par exemple, en arrivant, j'ai appris qu'Anthea s'était adressée à une importante société dans le but de faire remettre le jardin en état et reconstruire la serre. Clotilde n'en avait rien su, et elle a été fort irritée en découvrant le devis sur le bureau d'Anthea. Elle s'est montrée, bien entendu, absolument intransigeante et même un peu dure.

— Les choses ne sont pas toujours faciles, dans la vie, fit remarquer miss Marple. A propos, il faudra que je parte d'assez bonne heure, demain matin, pour rejoindre les autres membres du groupe.

— J'espère que vous n'allez pas trouver la suite du voyage trop fatigante.

— Je ne crois pas. Demain, nous devons aller à Stirling-Sainte-Marie, me semble-t-il. Je ne pense pas que ce soit très loin. Il y a là une église intéressante, ainsi qu'un château. Je suis certaine qu'après ces deux jours de repos, je serai en bonne forme.

Les deux femmes pénétrèrent dans la maison.

— Miss Marple est allée visiter l'église, annonça Mrs Glynne.

— Elle n'est pas extraordinaire, répondit Clotilde. Je trouve les vitraux absolument hideux. Notre oncle a d'ailleurs une part de responsabilité, car il aimait ces couleurs crues.

Après le repas de midi, miss Marple alla se reposer dans sa chambre pour ne redescendre qu'au moment du dîner. La soirée se passa ensuite en bavardages assez futiles, et la vieille demoiselle monta finalement se coucher avec la sensation d'avoir essuyé un échec. Elle avait l'impression d'avoir pris part à une partie de pêche où le poisson aurait refusé de mordre. Peut-être parce qu'il n'y avait pas de poisson. A moins qu'elle n'ait pas su choisir l'appât approprié.

XI

L'ACCIDENT

Le lendemain matin, Janet apporta le thé de miss Marple à 7 heures et demie, afin que la vieille demoiselle ait assez de temps pour se préparer et ranger ses affaires. Elle fermait sa petite mallette lorsqu'on frappa à la porte, et Clotilde entra, l'air bouleversé.

— Miss Marple, il y a en bas un jeune homme qui désire vous voir. Un certain Emlyn Price. Il paraît qu'il s'est produit un accident.

— Un accident ? Vous voulez parler du car ? Un accident de la route ? Y a-t-il des blessés ?

— Non, non. Il ne s'agit pas de cela. Ça s'est passé au cours de l'excursion d'hier. Pour accéder au monument qui se trouve au sommet de la falaise de Bonaventure, on peut emprunter le sentier, ou bien traverser les dunes. Je suppose que les membres du groupe s'étaient quelque peu dispersés. La pente est assez abrupte, et il s'est produit une chute de pierres qui a renversé quelqu'un sur le chemin.

— Mon Dieu ! Qui a été blessé ?

— Une certaine miss Temple.

— Miss Temple ? Oh ! je suis vraiment navrée. J'avais eu l'occasion de lui parler assez longuement. C'est une directrice de collège en retraite.

— Oui. Je la connais très bien. Elle était à la tête du collège de Fallowfield, qui est une institution fort réputée. Mais je ne savais pas qu'elle faisait partie du voyage.

Miss Marple ferma le couvercle de sa mallette.

— Je descends immédiatement voir Mr Price.

Le jeune homme l'attendait devant la porte. Il était, ce matin, vêtu d'un blouson de cuir et d'un pantalon vert émeraude. Ses cheveux étaient encore plus en désordre que d'habitude.

— Un accident déplorable, dit-il sans préambule. Je suppose que miss Bradbury-Scott vous en a déjà touché un mot. Il s'agit de miss Temple. Je ne sais pas comment la chose s'est produite exactement, mais il semble que des rochers aient roulé le long de la pente pour aller la renverser, alors qu'elle se trouvait sur le sentier, tout en bas. On l'a transportée à l'hôpital hier soir, et je crois que son état est grave. Naturellement, l'excursion d'aujourd'hui est annulée, et nous resterons à l'hôtel jusqu'à demain. Mrs Sandbourne s'est rendue à l'hôpital afin d'avoir des nouvelles. Elle doit nous retrouver au *Sanglier d'or* à 11 heures, et j'ai pensé que vous aimeriez y être.

— Très certainement. Je vous accompagne.

Elle se retourna pour faire ses adieux à Clotilde, ainsi qu'à Mrs Glynne qui venait de rejoindre sa sœur.

— Je vous remercie mille fois. Vous avez été on ne peut plus charmantes, et j'ai été très heureuse de passer ces deux journées avec vous. Je me suis bien reposée. Quel malheur que cet accident se soit produit !

— Si vous voulez passer une autre nuit au manoir, dit Mrs Glynne, je suis certaine que...

Elle jeta un coup d'œil à Clotilde. Mais miss Marple eut l'impression que cette dernière avait lancé à sa sœur un regard désapprobateur, tout en lui faisant un imperceptible signe de tête.

— Mais bien sûr, reprit Mrs Glynne, je conçois qu'il soit plus agréable pour vous de vous retrouver au milieu de vos compagnons de voyage.

— Je crois, en effet, que cela vaut mieux. Je saurai ainsi à quoi m'en tenir exactement, et peut-être pourrai-je me rendre utile. On ne sait jamais. Merci encore.

Emlyn Price se chargea de la mallette de miss Marple, et ils s'éloignèrent.

— Pauvre miss Temple ! dit la vieille demoiselle. J'espère qu'elle n'est pas trop grièvement blessée.

— Je crains, hélas ! que ce ne soit assez sérieux. Mais il nous faut attendre, pour être fixés, que Mrs Sandbourne soit revenue de l'hôpital de Carristown, qui se trouve à dix kilomètres d'ici.

En arrivant à l'hôtel, ils trouvèrent les autres voyageurs rassemblés dans le salon où on leur avait servi du café accompagné de petits pains au lait et de gâteaux.

— Oh ! disait Mrs Butler, c'est vraiment trop triste, juste au moment où nous étions tous si contents ! Et moi qui croyais que miss Temple avait le pied très sûr ! Mais on ne peut jamais savoir, n'est-ce pas, Henry ?

— C'est vrai. Et je me demande si nous ne ferions pas mieux de renoncer purement et simplement à poursuivre ce voyage. Si cet accident devait amener une... euh... une issue fatale, il y aurait une enquête, et...

— Henry, ne dis donc pas des choses aussi affreuses !

— Je crois, intervint miss Cooke, que vous vous montrez un peu trop pessimiste, Mr Butler. Je ne pense pas que ce soit aussi dramatique.

— C'est grave, affirma Mr Caspar avec son accent étranger. J'ai tout entendu, hier, lorsque Mrs Sandbourne a téléphoné au médecin. Miss Temple a une commotion cérébrale, et un spécialiste doit l'examiner pour voir s'il est possible de tenter une opération.

— Seigneur ! soupira miss Lumley. Dans le doute, nous devrions rentrer chez nous, Mildred. Il faut que j'aille voir les heures des trains.

— Il est inutile de nous affoler, déclara Mrs Riseley-Porter de sa voix autoritaire. Joanna, jette donc ce petit pain dans la corbeille à papier. Il est immangeable, et la confiture est horrible. Je ne veux cependant pas le laisser dans mon assiette : ça ferait mauvais effet.

— Crois-tu que je pourrais aller faire un tour avec Emlyn ? demanda la jeune fille en s'emparant du petit pain. Ça ne sert à rien de rester ici à se morfondre.

— Il me semble que vous feriez bien de sortir, dit miss Cooke.

— Certes, renchérit miss Barrow avant même que Mrs Riseley-Porter ait pu ouvrir la bouche.

Le café et les gâteaux terminés, chacun commença à se sentir mal à l'aise. Quand une catastrophe vient de se produire, il est toujours difficile de savoir comment il faut réagir. Miss Cooke et miss Barrow se levèrent d'un commun accord en annonçant qu'elles devaient faire des courses.

— Je veux envoyer deux ou trois cartes postales et me renseigner sur les tarifs des lettres à destination de la Chine, dit miss Barrow.

— Moi, ajouta miss Cooke, j'ai besoin de me dégourdir les jambes. Il me semble qu'il y a un édifice assez intéressant à voir de l'autre côté de la place du marché. Et puis, cela nous fera du bien de prendre l'air.

Le colonel et Mrs Walker se levèrent à leur tour pour proposer aux Butler d'aller aussi faire une promenade. Emlyn Price s'était déjà éclipsé pour se lancer à la poursuite de Joanna. Mrs Riseley-Porter ayant fait une tentative tardive et infructueuse pour rappeler sa nièce, déclara que le salon serait du moins plus tranquille et plus agréable. Mr Carter escorta les dames, et le Pr Wanstead se tourna vers miss Marple.

— Je crois qu'il serait mieux d'aller nous asseoir sur la terrasse. Qu'en pensez-vous ?

La vieille demoiselle le remercia et se leva. Jusque-là, elle avait à peine parlé au professeur, lequel passait la plus grande partie de son temps — même dans le car — plongé dans la lecture de ses livres.

Il n'y avait personne sur la terrasse, miss Marple et son compagnon prirent place dans des fauteuils de rotin.

— Si je ne me trompe, commença le professeur, vous êtes miss Jane Marple ?

— Oui, bien sûr.

— C'est bien ce que je pensais, d'après le signalement que l'on m'a donné de vous.

— Mon signalement ?

— C'est Mr Rafiel qui m'avait parlé de vous, répondit le professeur en baissant légèrement la voix.

— Oh ! Mr Rafiel ?

— Cela vous surprend ?

— Un peu. Je ne m'attendais pas...

Le professeur garda le silence pendant un long moment.

— Il m'avait annoncé qu'il avait pris ses dispositions pour que vous participiez à ce voyage touristique.

— J'avoue avoir été fort étonnée lorsque j'ai appris qu'il m'avait fait réserver une place. C'était d'autant plus aimable de sa part que j'aurais été incapable de me payer un voyage comme celui-ci. Il est bien triste de penser qu'il ait pu être interrompu de cette manière...

— Inattendue, à votre avis ?

— Que voulez-vous laisser entendre, professeur ?

Wanstead esquissa un sourire.

— Mr Rafiel m'a parlé assez longuement de vous. Il m'a suggéré de prendre également part à cette randonnée et de... veiller sur vous, en quelque sorte.

— Veiller sur moi ? Mais pour quelle raison ?

— Pour vous protéger, j'imagine. Il voulait être absolument certain qu'il ne vous arriverait rien de fâcheux.

— Que pourrait-il donc m'arriver, voulez-vous me le dire ?

— Peut-être ce qui est arrivé à miss Temple.

A ce moment-là, Joanna Crawford tourna à l'angle de l'hôtel et passa devant la terrasse, un panier à provisions à la main. Elle les considéra d'un air étonné, puis leur adressa un petit signe de tête et s'engagea dans la rue. Le professeur attendit qu'elle eût disparu pour reprendre.

— Une gentille gamine. Du moins est-ce ainsi que je la vois. Elle accepte, pour le moment, d'être la bête de somme d'une tante autoritaire, mais je ne doute pas qu'elle n'atteigne sans tarder l'âge de la rébellion.

— Que vouliez-vous dire, tout à l'heure ? demanda miss Marple, qui n'attachait pour l'instant qu'une importance secondaire à l'éventuelle rébellion de Joanna.

— C'est une question que nous devrions débattre à la lumière des événements récents.

— Vous voulez parler de l'accident survenu à miss Temple ?

— Oui. Si tant est que nous puissions considérer le fait comme un simple accident.

— Prétendez-vous que ce n'en est pas un ?

— C'est, en tout cas, une possibilité.

— En ce qui me concerne, je ne suis au courant de rien, répondit miss Marple d'un ton hésitant.

— Bien sûr, puisque vous ne vous trouviez pas sur les lieux. Peut-être étiez-vous — comment dirai-je ? — de service ailleurs ?

— Je ne vous suis pas parfaitement, professeur.

— Vous êtes prudente, et vous avez raison de l'être.

— Ce n'est pas tout à fait cela. Je me fais simplement une règle d'être toujours prête à discuter ce que l'on me dit.

— Là encore, vous avez raison. Après tout, vous ne savez rien de moi. Vous ne connaissez que mon nom, aperçu sur la liste des voyageurs intéressés par la visite des châteaux et des jardins. Peut-être les jardins vous intéressent-ils par-dessus tout, d'ailleurs.

— C'est possible.

— Il y a d'autres personnes qui s'y intéressent aussi.

— Ou qui le déclarent.

— Ah ! Vous avez remarqué cela ? Voyez-vous, mon rôle était, au départ, de vous observer, de regarder ce que vous faisiez et d'être prêt à intervenir au cas où il se produirait... disons un événement fâcheux. Mais la situation a légèrement évolué. Il vous faut maintenant décider si je suis votre allié ou votre ennemi.

— Peut-être avez-vous raison. Mais vous ne m'avez fourni aucun renseignement qui me permette de me faire une opinion. Vous étiez, je présume, un ami de Mr Rafiel ?

— Pas véritablement. Je ne l'avais rencontré qu'à deux reprises, une fois au comité d'administration d'un hôpital, une autre fois au cours d'une quelconque réunion. Mais il avait entendu parler de moi, de même que j'étais au courant de ses activités. Si je vous dis que j'ai acquis une certaine notoriété dans ma profession, vous allez penser que je suis d'une vanité qui dépasse les limites permises.

— Pas le moins du monde. Je penserai que vous dites probablement la vérité. Est-ce que je me trompe en supposant que vous êtes médecin ?

— Non. J'ai, en effet, un diplôme de médecin, mais je me suis spécialisé en psychopathologie. Je m'intéresse principalement aux différents types de criminels et j'ai écrit, sur cette question, des ouvrages dont certains ont soulevé de violentes polémiques.

— Peut-être, dans ce cas, seriez-vous à même de m'expliquer certains détails que Mr Rafiel n'a pas jugé à propos de me préciser.

— Je sais que vous avez rencontré Mr Rafiel aux

Antilles et que vous avez, en quelque sorte, collaboré.

— Il vous a aussi parlé de cela ?

— Oui. Et il m'a affirmé que vous possédiez un flair remarquable en matière criminelle.

— Ce qui, je suppose, vous paraît assez surprenant, pour ne pas dire invraisemblable.

— Les choses me surprennent rarement. D'autre part, Mr Rafiel était un homme intelligent et avisé, qui n'avait pas son pareil pour juger les autres. Et il pensait que vous lui ressembliez en cela.

— Je n'en suis pas si sûre. Certaines personnes m'en rappellent d'autres que j'ai connues, et cela me permet parfois de savoir à l'avance la conduite qu'elles adopteront dans certaines circonstances déterminées. Mais, pour l'heure, je suis dans les ténèbres les plus complètes, et je refuse de croire que Mr Rafiel ait voulu cela.

— Il souhaitait que vous abordiez les faits sans aucune idée préconçue.

— Vous n'allez donc rien me dire, vous non plus ? s'écria miss Marple soudain irritée. Ne pensez-vous pas que cela aussi dépasse les limites permises ?

— C'est vrai, reconnut le professeur avec un sourire. Je vais donc vous relater certains faits qui, je crois, vous éclaireront quelque peu.

XII

UNE CONSULTATION

— Je remplis parfois le rôle de conseiller auprès des services du ministère de l'Intérieur, et je suis également en relation avec des établissements spécialisés abritant certains types de criminels. Habituellement, lorsqu'un crime est commis, on me convoque pour me demander mon avis. Mais parfois aussi, je suis appelé en consultation par le directeur responsable d'un de ces établissements. Or, l'un d'eux — qui se trouve être un de mes amis — a fait récemment appel à moi. Il voulait connaître mon opinion sur le problème que lui posait un de ses pensionnaires. Celui-ci n'était qu'un tout jeune homme au moment de l'affaire, il y a de cela plusieurs années. Et le directeur actuel n'occupait pas encore son poste. Or, à mesure que le temps passait, il se sentait de plus en plus envahi par le doute. Ce garçon n'avait jamais donné la moindre satisfaction. C'était un voyou, un mauvais sujet... Appelez-le comme il vous plaira ; les termes ne manquent pas, bien que certains ne soient pas toujours bien choisis. C'était un délinquant, la chose est certaine : il avait fait partie de gangs, il avait volé, détourné des fonds, pris part à des escroqueries, s'était rendu coupable de faux. En un mot, c'était un mauvais garçon qui aurait fait le désespoir de n'importe quel père.

— Je crois vous comprendre.

— Ah ! oui ?

— Je suppose que vous voulez parler du fils de Mr Rafiel ?

— Vous ne vous trompez pas. Que savez-vous de lui ?

— Rien. C'est hier seulement que j'ai appris que Mr Rafiel avait un tel fils. J'espère que c'est le seul.

— Oui. Mais il avait aussi deux filles. L'une est morte à l'âge de quatorze ans, l'autre s'est mariée mais n'a pas eu d'enfant. Sa femme est décédée très jeune, et il est possible que cette mort l'ait profondé-

ment affecté, bien qu'il ne l'ait jamais laissé paraître.
Quels sentiments éprouvait-il pour ses enfants ? Je
l'ignore. Ce qui est sûr, en tout cas, c'est qu'il a fait
pour eux tout ce qu'il a pu. Mais c'était un homme
difficile à comprendre ; il ne pensait qu'à gagner de
l'argent. Quoi qu'il en soit, il a fait pour son fils tout
ce qu'il était humainement possible de faire. A
l'école déjà, il l'avait tiré d'embarras à diverses reprises. Plus tard, il a réussi à lui éviter des poursui-
tes. Mais finalement, le jeune homme a été arrêté et
condamné pour viol. Par la suite, une seconde affaire, plus grave encore, l'a ramené devant les tribu-
naux.

— J'ai entendu dire, en effet, qu'il avait tué une
jeune fille.

— Il l'avait enlevée, et il s'est écoulé un certain
temps avant que le corps ne soit découvert. Elle avait
été étranglée et ensuite défigurée à l'aide d'une
grosse pierre, probablement pour empêcher toute
identification.

— Une bien vilaine affaire. J'ai toujours eu horreur de ce genre de choses, et si vous espérez me
voir m'apitoyer sur ce jeune criminel, vous vous
trompez. Je ne puis souffrir des individus qui com-
mettent des actes aussi répugnants.

— Je suis bien aise de vous l'entendre dire. Cependant, dans ce cas particulier, le directeur de la
prison — un homme d'expérience — était parvenu à
la conclusion que son pensionnaire n'était pas un
assassin. Il était certes persuadé que c'était un délinquant endurci, qu'il était absolument irrécupérable
quoi que l'on fasse. Mais, en même temps, il était
convaincu que le jugement rendu contre lui était
entaché d'erreur. Il ne pouvait parvenir à croire à sa
culpabilité en ce qui concernait l'assassinat de la

jeune fille et il entreprit de passer au crible les faits consignés dans les rapports de police. Le jeune homme connaissait la victime. Il avait été vu en sa compagnie à plusieurs reprises, il était même probable qu'elle avait été sa maîtresse. Sa voiture avait été aperçue dans les environs, et lui-même avait été reconnu. L'affaire semblait donc parfaitement claire. Pourtant, mon ami n'était pas satisfait. Il voulait avoir non pas seulement l'opinion de la police mais celle d'un médecin. C'est pourquoi il a insisté pour que je voie le jeune homme et que je lui parle.

— Vous avez donc accepté de revenir sur cette vieille affaire.

— Oui. J'ai vu le sujet — si je puis m'exprimer ainsi —, je lui ai parlé, je l'ai abordé aussi bien en ami qu'en ennemi, afin d'observer ses réactions, j'ai discuté avec lui de certains changements qu'avait pu subir la loi, je lui ai montré la possibilité de s'adresser à un avocat qui pourrait examiner les points en sa faveur et, finalement, je l'ai soumis à un certain nombre de tests, ainsi que nous le faisons couramment de nos jours.

— A quelles conclusions êtes-vous parvenu ?

— A mon avis, mon ami a raison : je ne pense pas que Michael Rafiel soit un assassin.

— Et la première affaire que vous avez mentionnée ?

— Cela lui a nui, c'est certain. Non pas dans l'esprit des jurés — puisqu'ils n'ont appris le fait qu'au moment du résumé de l'affaire par le juge —, mais dans celui du juge lui-même. J'ai, de mon côté, procédé à une enquête personnelle. Il avait certes attaqué une jeune fille, et on peut concevoir qu'il ait abusé d'elle, mais il n'a certainement pas tenté de l'étrangler. D'ailleurs, à mon sens, après avoir vu nombre de cas similaires, il me semble improbable qu'il y ait eu véritablement viol. Les jeunes filles d'aujourd'hui, vous ne l'ignorez pas, se servent volontiers de ce terme, leurs mères elles-mêmes insistant souvent pour qu'elles baptisent ainsi une banale aventure au cours de laquelle elles ont été parfaitement consentantes. Or, la jeune fille en question avait eu plusieurs amoureux, lesquels étaient certainement allés beaucoup plus loin que les limites de l'amitié.

— Qu'avez-vous fait ensuite ?

— Je me suis mis en rapport avec Mr Rafiel et lui ai dit que j'aimerais avoir un entretien avec lui au sujet de son fils. Je lui ai fait part de mes impressions et de celles du directeur de la prison, tout en précisant bien que nous n'avions pour l'instant aucune preuve et, par conséquent, aucun motif de demander la révision du procès. Mais je ne lui ai pas caché non plus que je croyais à une erreur judiciaire. Je lui ai suggéré de faire entreprendre une enquête, laquelle serait certainement coûteuse mais permettrait peut-être de mettre en évidence certains faits nouveaux.

— Quels étaient ses sentiments vis-à-vis de son fils ?

— C'est ce que je voulais également savoir. Je dois dire qu'il s'est montré parfaitement loyal, même si...

— Même s'il était plutôt impitoyable.

— C'est exactement le mot qui convient. Il était impitoyable, mais juste et honnête. Il m'a déclaré à peu près textuellement ceci : « Je connais depuis bien des années la nature de mon fils, et je n'ai même pas tenté de la changer, parce que je sais que c'est

impossible. C'est un mauvais garçon, pervers et mal-
honnête, et personne ne serait capable de le remettre
dans le droit chemin. C'est pourquoi je me suis, en
un certain sens, désintéressé de lui, excepté au point
de vue légal. Il a toujours été bien défendu, et j'ai fait
tout ce qui était en mon pouvoir. Maintenant, je suis
physiquement handicapé, mais s'il est vrai qu'il a été
condamné à tort, je désire le faire remettre en liberté. Je ne veux pas qu'il souffre, emprisonné et
coupé du monde à cause d'une erreur judiciaire. Si
c'est un autre qui a tué cette fille, je désire que toute
la lumière soit faite et que la justice ait son mot à
dire. Mais je suis malade, et le temps qu'il me reste à
vivre ne se mesure plus par années mais par mois ou
peut-être même par semaines. » Je lui ai alors suggéré de faire appel à des hommes de loi, mais il m'a
aussitôt coupé la parole pour me déclarer : « C'est
inutile. Ils n'arriveraient à rien. Non, je dois moi-
même prévoir quelque chose, dans le temps limité
qui me reste. Ne pouvant agir seul, je vous donne
pleins pouvoirs et vais essayer, pour vous aider dans
votre tâche, de m'assurer le concours d'une certaine
personne. » Il me versa une certaine somme pour
couvrir les frais que je ne manquerais pas d'avoir et
inscrivit ensuite votre nom sur une feuille de papier.
« Je ne vous donne pas l'adresse de miss Marple,
poursuivit-il, car je désire que vous la rencontriez
dans les conditions que j'aurai moi-même choisies. »
Il me parla enfin de ce voyage et me dit qu'il me
ferait réserver une place. « Miss Marple, précisa-t-il,
en fera également partie, et c'est alors que vous ferez
sa connaissance, comme s'il s'agissait d'une rencontre fortuite. » Je devais choisir, pour me présenter à
vous, le moment qui me paraîtrait opportun. Mais je
pouvais aussi rester dans l'ombre si je le jugeais

préférable. Je lui demandai alors de m'en dire un peu plus sur vous, mais il refusa. Il m'affirma seulement que vous saviez juger les gens et que vous aviez le don de voir le mal.

Miss Marple resta un instant déconcertée.

— Avez-vous le sentiment que ce soit la vérité ? ajouta le professeur.

— Ma foi, c'est possible, de même que certaines gens sont nées avec un bon odorat et perçoivent, par exemple, une odeur de gaz là où personne n'a rien décelé. J'avais une tante qui prétendait détecter infailliblement le mensonge.

Miss Marple poursuivit en expliquant ce qui s'était passé depuis son entrevue avec les hommes de loi de Mr Rafiel jusqu'au jour de son arrivée au Vieux Manoir.

— Mrs Glynne et ses deux sœurs sont apparemment des personnes très ordinaires, précisa-t-elle, aimables mais pas particulièrement intéressantes. Elles ne semblent pas d'ailleurs, avoir beaucoup connu Mr Rafiel. Les conversations que j'ai eues avec elles ne m'ont guère avancée.

— Vous n'avez donc rien appris durant votre séjour au manoir ?

— Rien dont vous ne m'ayez parlé vous-même. D'ailleurs, c'est leur vieille domestique qui m'a mise au courant. Elle m'a parlé de l'assassinat de cette jeune fille, en me précisant que la police était convaincue de la culpabilité du jeune Rafiel et persuadée que ce n'était pas là son premier crime.

— Il ne vous a pas semblé que les trois sœurs — ou du moins l'une d'elles — pourraient être compromises ?

— Non. Clotilde était tutrice de la jeune fille, et elle l'aimait profondément.

— Peut-être pourraient-elles connaître l'existence d'un autre homme.

— C'est évidemment cet homme — s'il existe — qu'il nous faudrait retrouver.

— Rien d'anormal ne s'est passé au manoir durant votre séjour ?

— Pas vraiment. L'une des sœurs — la plus jeune — a l'air de se croire experte en jardinage, alors qu'elle ne connaît pas les noms de la moitié des plantes. Je m'en suis convaincue en lui tendant quelques pièges. Et cela me fait penser... Avez-vous remarqué miss Cooke et miss Barrow ?

— Deux vieilles demoiselles qui voyagent ensemble, n'est-ce pas ?

— C'est cela même. Eh bien, j'ai découvert quelque chose de bizarre à propos de miss Cooke, si tant est que l'on puisse lui donner ce nom.

— En a-t-elle donc un autre ?

— Je le crois. Un jour, elle est passée devant ma maison, à St Mary Mead, alors que je me promenais dans mon jardin, et elle m'a adressé quelques mots. Elle m'a raconté qu'elle résidait chez une certaine Mrs Hastings — dont je n'avais d'ailleurs jamais entendu parler — et qu'elle travaillait son jardin. Mais je suis persuadée que tout cela n'était que mensonges, car elle non plus ne connaît absolument rien au jardinage.

— Pourquoi, selon vous, est-elle allée à St Mary Mead ?

— Je n'en ai pas la moindre idée. Tout ce que je peux dire, c'est qu'elle était vêtue et coiffée différemment, que ses cheveux étaient noirs au lieu d'être blonds, et qu'elle m'avait déclaré s'appeler Bartlett. Lorsque je l'ai revue, dans le car, je ne l'ai pas reconnue immédiatement. Son visage me paraissait seulement familier. Ce n'est qu'ensuite que je me suis rappelé où je l'avais rencontrée. Elle a admis être allée à Sainte-Marie-Mead mais a prétendu ne pas m'avoir reconnue. Or, moi, je n'ai changé en rien.

— Quelles conclusions tirez-vous de cela ?

— Elle est sûrement venue dans le but de m'apercevoir, de manière à pouvoir me reconnaître plus tard.

— Mais pourquoi ?

— Je l'ignore. Je ne vois que deux possibilités, dont l'une au moins ne me plaît guère.

Le silence s'établit pendant quelques instants entre les deux interlocuteurs, et ce fut le Pr Wanstead qui le rompit le premier.

— L'accident de miss Temple me paraît également suspect. Lui avez-vous parlé, au cours du voyage ?

— Oui. Et je me propose d'avoir un autre entretien avec elle dès qu'elle ira mieux. Je crois qu'elle pourrait m'apprendre d'autres détails sur cette jeune fille assassinée, puisque celle-ci a fréquenté l'école qu'elle dirigeait.

Bien qu'absorbée par sa conversation avec le professeur, miss Marple observait la rue qui longeait l'hôtel.

— Tenez, voilà précisément Anthea Bradbury-Scott — cette femme qui porte un gros paquet. Elle doit se rendre à la poste.

— Elle a l'air un peu étrange, avec ses cheveux gris en désordre qui flottent autour de sa tête.

— Oui. La première fois que je l'ai vue, elle m'a fait penser à une Ophélie sur le retour.

XIII

LE PULL-OVER A DAMIERS

Mrs Sandbourne revint à l'heure du déjeuner. Les nouvelles qu'elle apportait n'étaient pas rassurantes. Miss Temple n'avait pas encore repris connaissance, et elle resterait intransportable pendant plusieurs jours.

Ayant communiqué ce bulletin de santé, la jeune femme passa à des considérations d'ordre pratique, distribuant des horaires de chemin de fer à ceux qui souhaitaient retourner à Londres et annonçant aux autres que le voyage reprendrait son cours normal le lendemain matin. En ce qui concernait l'après-midi de ce même jour, elle proposa de brèves excursions qui auraient lieu par petits groupes à l'aide de voitures de location.

A la sortie de la salle à manger, le Pr Wanstead attira miss Marple à l'écart.

— A moins que vous ne désiriez vous reposer cet après-midi, lui dit-il, je vous prendrai ici dans une heure. Il y a dans les environs une église fort intéressante que vous serez certainement heureuse de visiter.

— J'accepte avec grand plaisir.

— J'ai pensé qu'il vous plairait de voir cette église, ainsi qu'un petit village fort curieux, dit le professeur.

— C'est très aimable à vous.

Miss Marple songea que c'était, de la part de son compagnon, une délicate attention que d'emmener une vieille demoiselle visiter les environs. Car, après tout, il aurait pu trouver quelqu'un de plus jeune et de plus attrayant.

Assise dans la voiture de location, elle regardait de temps à autre son voisin à la dérobée, tandis qu'ils traversaient le village. Quand ils furent sur une route étroite et sinueuse qui contournait les collines, le professeur tourna légèrement la tête.

— En réalité, nous n'allons pas visiter une église, annonça-t-il.

— Je commençais à m'en douter. Quel est donc le but de notre randonnée ?

— L'hôpital de Carristown.

— C'est là que l'on soigne miss Temple, n'est-ce pas ?

— Oui. Mrs Sandbourne m'a rapporté une lettre du directeur, que je viens de contacter par téléphone.

— Comment va-t-elle ?

— Pas très bien, j'en ai peur, et sa guérison reste problématique. Il se peut qu'elle ne reprenne pas connaissance, mais il est également possible qu'elle ait de brefs intervalles de lucidité.

— Pourquoi me conduisez-vous auprès d'elle ? Je ne suis pas une de ses amies : je l'ai rencontrée pour la première fois au cours de ce voyage.

— Je ne l'ignore pas. Mais il se trouve que, dans un de ses moments de lucidité, elle vous a réclamée.

— Pour quelle raison peut-elle désirer me voir ? Je la connais à peine. Pourtant, je serais désolée qu'elle meure, car elle m'a fait l'effet d'une femme remarquable. Elle était, je crois, spécialiste en mathématiques, mais elle avait en même temps une culture très étendue, et c'était véritablement une excellente pédagogue. Bien qu'ayant pris sa retraite, elle exerçait une influence certaine dans les milieux éducatifs. Ce déplorable accident... Mais peut-être ne tenez-vous pas à en parler ?

— Bien au contraire. Et je crois qu'il faut que je vous mette au courant des détails. Comme vous le savez, miss Temple a été blessée par un rocher qui a dévalé la pente pour venir tomber sur le sentier en contrebas. Certes, la chose s'était déjà produite, mais à intervalles très espacés. Cependant, on m'a signalé un point assez étrange à propos de cet accident.

— Qui vous en a parlé ?

— Joanna Crawford et Emlyn Price. La jeune fille a eu la nette impression — pour ne pas dire la certitude — qu'il y avait quelqu'un au sommet de la butte. Elle gravissait, en compagnie d'Emlyn, une piste assez étroite qui contourne la colline lorsque, parvenue à un tournant, elle a vu une silhouette qui se profilait sur le ciel. L'inconnu — elle est incapable de préciser s'il s'agissait d'un homme ou d'une femme — essayait de pousser une grosse pierre qui commença à osciller, puis bascula et finalement roula le long de la pente. Miss Temple suivait au même moment le sentier principal, et elle se trouvait exactement en dessous lorsque le rocher dégringola. Si la chose a été faite à dessein, elle aurait évidemment pu rater. Hélas ! elle a réussi.

— Joanna n'a donc pu déterminer si la silhouette aperçue était celle d'un homme ou d'une femme ?

— Non. Tout ce qu'elle peut affirmer, c'est que la personne en question portait un pull-over à damiers rouges et noirs. L'inconnu a d'ailleurs fait aussitôt demi-tour et disparu entre les rochers. Elle pense que ce devait être un homme, mais elle ne peut l'affirmer.

— A-t-elle l'impression qu'il s'agissait d'un atten-
tat contre miss Temple ?

— Plus elle y songe et plus elle est persuadée que
c'est bien cela, en effet. Le jeune homme est du
même avis.

— Vous n'avez, bien entendu, pas la moindre
idée de l'identité de cet inconnu ?

— Pas la moindre. Et eux non plus. Il peut s'agir
de l'un de nos compagnons de voyage, mais aussi de
quelqu'un d'autre qui savait que le car devait faire
halte ici et qui a saisi cette occasion pour passer à
l'action. Un de ces nombreux fanatiques de la violence, ou bien un ennemi secret.

— Un ennemi secret. Le terme paraît bien mélo-
dramatique.

— C'est vrai. Et on peut se demander qui voudrait tuer une respectable directrice de collège. C'est
à cette question qu'il nous faut trouver la réponse.
Il est possible que miss Temple puisse nous mettre
sur la voie. Il se peut également qu'elle ait identifié
cette silhouette qui se dressait au-dessus d'elle tandis
qu'elle gravissait le sentier. Peut-être enfin connaît-
elle quelqu'un qui lui veut du mal.

— Cela me semble assez improbable.

— Je vous l'accorde. Néanmoins, quand on y réfléchit, une directrice d'école est en contact avec
beaucoup de gens. Un grand nombre d'élèves sont
passées entre ses mains, si je puis m'exprimer ainsi,
et elle peut être au courant de bien des choses. Au
courant, par exemple, des aventures qu'auraient vé-
cues certaines jeunes filles à l'insu de leurs parents.
Cela se produit assez fréquemment, surtout depuis
dix ou vingt ans. On prétend que les filles de nos
jours mûrissent plus vite qu'autrefois. Physiologi-
quement, c'est vrai. Mais, moralement, elles sont au

contraire en retard sur leurs aînées ; elles restent enfants plus longtemps. Il suffit pour s'en convaincre de voir la façon dont elles s'habillent et se coiffent. Leurs cheveux au vent, leurs minijupes, leurs nuisettes, leurs shorts sont autant de symboles de leur désir de rester dans l'enfance. Elles refusent d'assumer les responsabilités inhérentes à l'âge adulte. Et cependant, comme toutes les enfants, elles souhaitent qu'on les prenne pour des grandes personnes, elles souhaitent être libres d'accomplir ce qu'elles croient être des actes d'adultes. C'est cette attitude qui, parfois, conduit au drame.

— Pensez-vous, en ce moment, à quelque cas particulier ?

— Pas spécialement. Je songeais seulement qu'il paraît invraisemblable que miss Temple ait pu avoir un ennemi *personnel*, un ennemi assez impitoyable pour vouloir la tuer. Ce que je pense, c'est que...

Le professeur s'interrompit et leva les yeux vers miss Marple.

— Vouliez-vous émettre une hypothèse ?

— Non. Mais je crois comprendre ce que vous avez en tête. Vous voulez sans doute suggérer que miss Temple pouvait être au courant d'un secret dangereux pour une tierce personne.

— Oui. C'est exactement cela.

— Dans ce cas, on peut supposer qu'un des passagers de notre car l'a reconnue. Elle, par contre, a pu ne pas identifier son « ennemi », surtout si plusieurs années se sont écoulées depuis leur précédente rencontre. Mais... revenons à ce pull à damiers.

— Avez-vous été frappée par un détail, à son sujet ?

— C'était, d'après la description un vêtement très

caractéristique. Si remarquable, en vérité, que Joanna l'a mentionné spécialement.

— Cela vous suggère-t-il quelque chose ?

— Oui, ça me fait penser à un drapeau, répondit miss Marple d'un air rêveur. Un vêtement que l'on ne peut manquer de voir, de remarquer, de reconnaître...

— Je crois saisir où vous voulez en venir.

— Lorsque vous donnez la description d'une personne que vous avez vue à une certaine distance, la première chose que vous mentionnez, ce sont ses vêtements. Par exemple, un béret écossais de couleur pourpre, un manteau violet, une veste de cuir de forme particulière, un pull-over à damiers rouges et noirs. Tout cela est aisément reconnaissable. Et lorsque la personne qui a arboré à un certain moment un tel vêtement s'en débarrasse en l'expédiant par la poste, en le brûlant ou en le jetant à la poubelle, elle se retrouvera avec des habits quelconques que nul ne remarquera. Ce pull-over à damiers peut, par conséquent, avoir été porté *à dessein* au moment de l'accident survenu à miss Temple.

— L'argument paraît valable, d'autant plus que le collège de Fallowfield est situé non loin d'ici, à vingt-cinq kilomètres au maximum. Cette région est donc, en quelque sorte, le fief de miss Temple, qui doit y connaître beaucoup de gens et qui est certainement connue de tout le monde.

— Ce qui ne peut qu'élargir le champ de nos investigations. Je crois qu'il y a de grandes chances pour que l'agresseur soit un homme. Ce rocher — si tant est qu'on l'ait fait rouler intentionnellement — a été lancé avec une grande précision. Or, la précision est une qualité plus masculine que féminine... Miss Temple a pu, ainsi que je le disais tout à l'heure, être reconnue par un touriste du car, mais aussi par quelqu'un qui l'aura aperçue dans la rue. Une de ses anciennes élèves, par exemple, qu'elle n'aura pas remarquée en raison des années écoulées. Mais l'autre l'aura parfaitement identifiée, car une femme de soixante ans n'est pas, somme toute, tellement différente de ce qu'elle était à cinquante ou cinquante-cinq. Cette inconnue craignait peut-être que son ancienne directrice soit au courant d'un fait pouvant lui porter préjudice ou même présenter pour elle un danger grave. Malheureusement, je ne connais pas très bien la région où nous nous trouvons. Etes-vous plus favorisé que moi à cet égard ?

— Hélas ! non. Et si je ne vous avais rencontrée, j'aurais été encore plus désorienté. Vous ne savez donc pas exactement, vous non plus, ce que vous êtes censée faire dans ces lieux. Cependant, Rafiel s'est arrangé pour que vous y veniez et que nous nous y rencontrions. Nous nous sommes arrêtés en d'autres endroits, mais c'est ici qu'il a voulu cette rencontre, afin que vous passiez deux jours au Vieux Manoir. Y avait-il à cela une raison précise ?

— Il souhaitait probablement que j'apprenne certains faits que j'ignorais encore.

— Sur des meurtres qui ont eu lieu il y a plusieurs années ? demanda le professeur, sceptique. Il n'y a rien d'extraordinaire dans les événements qui se sont déroulés dans cette région. Cela arrive malheureusement partout ailleurs, et ces choses vont toujours par séries. Une fille est victime d'une agression et étranglée, puis c'est le tour d'une autre à peu de distance de là, et d'une autre encore tuée dans des circonstances analogues. On a signalé la disparition de deux jeunes filles, à Jocelyn-Sainte-Marie. L'une est celle qui avait été vue en compagnie de

Michael Rafiel et dont le corps a été découvert six mois plus tard à cinquante kilomètres d'ici.

— Et l'autre ?

— C'est Nora Broad. Une fille qui traînait avec beaucoup de garçons. Son corps n'a jamais été retrouvé, mais il le sera certainement un jour. Mais nous arrivons à Carristown. Voilà l'hôpital.

Miss Marple suivit le Pr Wanstead. On les introduisit dans une petite pièce où une surveillante était assise derrière un bureau. Elle se leva à leur entrée.

— Oh ! c'est vous, professeur. Et voici miss Marple, j'imagine ? Miss Barker, l'infirmière-chef, va vous accompagner.

— Comment va miss Temple ?

— Je crois qu'il n'y a guère d'amélioration. Mais je vais vous conduire à miss Barker, qui vous renseignera plus utilement que moi.

L'infirmière-chef était une grande femme maigre, avec des yeux gris et perçants, une voix grave et autoritaire.

— Je pense, dit-elle, que je ferais bien de préciser d'abord à miss Marple les dispositions que nous avons prises. Miss Temple est encore dans le coma et n'a que de rares moments de lucidité. Elle est alors capable de prononcer quelques mots, mais il nous est absolument impossible de faire quoi que ce soit pour la stimuler. Je suppose, miss Marple, que le professeur vous a déjà appris qu'au cours d'un de ses moments de conscience, elle a prononcé votre nom. Et elle a ajouté : « Je désire lui parler. » Après cela, elle est retombée dans l'inconscience. Tout ce que nous vous demandons, c'est de rester un certain temps dans sa chambre et de vous tenir prête à noter les paroles qu'elle pourrait prononcer. Je dois vous avouer que le pronostic n'est pas très rassurant.

Pour être tout à fait franche — étant donné que vous n'êtes pas une de ses proches parentes — je peux vous préciser qu'elle décline rapidement, et il se peut même qu'elle meure sans avoir repris connaissance. Cependant, si elle avait encore des moments de lucidité, il est important que quelqu'un soit présent pour entendre ce qu'elle dit. Le médecin pense qu'il est préférable qu'il n'y ait pas trop de monde autour d'elle. Il y aura cependant une infirmière, mais placée de telle manière qu'elle ne puisse l'apercevoir. Si elle ne voit qu'une seule personne — une personne qu'elle connaît et qu'elle attend — elle sera moins alarmée. J'espère que nous ne vous en demandons pas trop, miss Marple ?

— Bien sûr que non. Certes, mon ouïe n'est peut-être pas aussi fine qu'autrefois, mais si je suis assise près du lit, je dois pouvoir saisir tout ce que dira miss Temple.

— C'est parfait. Si le Pr Wanstead veut rester dans le salon du rez-de-chaussée, nous l'appellerons si c'est nécessaire. Et maintenant, miss Marple, si vous voulez bien me suivre...

La chambre était petite et éclairée d'une lumière tamisée. Elizabeth Temple était allongée dans son lit, semblable à une statue. Cependant, elle ne donnait pas l'impression de dormir. L'infirmière se pencha un instant au-dessus d'elle, puis fit signe à miss Marple de prendre place sur la chaise disposée au chevet de la malade. Après quoi, elle se dirigea silencieusement vers la porte. Une jeune infirmière, dissimulée derrière un paravent, avança légèrement la tête.

— Appelez-moi si c'est nécessaire, miss Edmonds, souffla l'infirmière-chef, et tenez-vous à la disposition de miss Marple.

Celle-ci prit place sur la chaise, les yeux tournés

vers la malade, se demandant avec anxiété si son attente n'allait pas être vaine.

Dix minutes passèrent, puis vingt. Une demi-heure. Et soudain la voix de miss Temple s'éleva dans le silence de la petite chambre. Une voix basse et un peu voilée, mais parfaitement distincte.

— Miss Marple ?

Elizabeth Temple avait ouvert les yeux, et elle fixait la vieille demoiselle assise à son chevet.

— Vous êtes bien... miss Marple ?

— Oui.

— Henry parlait souvent de vous.

— Henry ?

— Henry Clithering, un vieil ami à moi.

— C'est aussi un de mes amis, en effet, répondit doucement miss Marple.

— Je me suis souvenue de votre nom... quand je l'ai vu sur la liste des passagers. Et j'ai pensé que vous pourriez nous apporter votre aide, aider à découvrir la vérité. C'est très important, bien que la chose se soit passée il y a longtemps.

Sa voix s'altéra un peu, et elle ferma à demi les yeux. L'infirmière traversa la pièce, prit un verre sur la table de chevet et l'approcha des lèvres de la malade. Miss Temple avala une gorgée, puis esquissa un petit signe de tête pour indiquer qu'elle ne voulait plus boire. La jeune femme reposa le verre et retourna à sa place.

— Si je peux aider en quoi que ce soit, je le ferai très volontiers, dit miss Marple.

— Merci.

Miss Temple garda les yeux clos pendant deux ou trois minutes, puis les rouvrit soudain.

— Qui ? C'est ce qu'il faut savoir. Savez-vous de quoi je veux parler ?

— Je le crois. De la mort d'une jeune fille. Nora Broad ?

Miss Temple fronça imperceptiblement les sourcils.

— Non. Il ne s'agit pas de celle-là, mais de l'autre. Verity Hunt.

Il y eut un autre silence. Puis :

— Henry m'a dit de quoi vous étiez capable. Bien sûr, vous êtes plus âgée, maintenant. Mais vous découvrirez la vérité, n'est-ce pas ?

Elle avait un peu élevé la voix.

— N'est-ce pas ? insista-t-elle. Dites-moi que... vous le pouvez. Il ne me reste plus beaucoup de temps, je le sais... Cela peut être dangereux pour vous. Mais... vous trouverez, dites ?

— Avec l'aide de Dieu, je découvrirai la vérité.

Les yeux de miss Temple se fermèrent à nouveau, et une ombre de sourire passa sur ses lèvres.

— La grosse pierre, murmura-t-elle. Le rocher de la mort...

— Qui l'a poussé ?

— Je ne sais pas. Peu importe... Verity seulement.

Miss Marple vit se détendre légèrement le corps de la malade qui chuchota encore :

— Adieu. Faites de votre mieux...

Ses yeux se refermèrent. L'infirmière s'approcha à nouveau et lui tâta le pouls. Puis elle fit signe à miss Marple de la suivre hors de la chambre.

— Elle a fourni un gros effort, et elle ne reprendra pas connaissance tout de suite. Peut-être jamais.

— Avez-vous appris quelque chose ? demanda le professeur tandis qu'il remontait en voiture avec miss Marple.

— Un nom. Verity. C'est bien ainsi que s'appelait la jeune fille ?

— Oui. Verity Hunt.

Elizabeth Temple mourut une heure et demie plus tard sans avoir repris connaissance.

XIV

MR BROADRIBB S'INTERROGE

— Avez-vous lu le *Times*, ce matin ? demanda Mr Broadribb.

Mr Schuster répondit que, ne pouvant se payer le *Times*, il prenait le *Telegraph*.

— Eh bien, la nouvelle se trouve peut-être aussi dans votre journal. On annonce la mort de miss Elizabeth Temple, docteur ès sciences.

Mr Schuster prit un air légèrement intrigué.

— Il s'agit de la directrice du collège de Fallowfield, précisa Mr Broadribb. J'imagine que vous avez entendu parler de Fallowfield.

— Naturellement. C'est une institution de jeunes filles, un établissement de grande classe et horriblement cher. Je sais aussi que miss Temple en était la directrice, mais elle avait pris sa retraite il y a environ six mois. J'ai lu ça quelque part, à l'époque. On parlait même de la nouvelle directrice, une femme mariée assez jeune — trente-cinq à quarante ans, je crois — et d'idées très modernes. Elle donne aux filles des leçons de maquillage et leur permet même de porter des pantalons.

— Hum ! grommela Mr Broadribb avec un air

112

désapprobateur. Je doute fort qu'elle se taille avec de telles méthodes une réputation comme celle de miss Temple qui était vraiment quelqu'un. Elle est restée longtemps à la tête de l'établissement.

— Et alors ? demanda Mr Schuster d'un air détaché.

Il ne parvenait pas à comprendre pourquoi son associé était tellement intéressé par la défunte directrice de collège.

— Elle était partie en voyage touristique à bord d'un autocar...

— Ah, ces cars ! Je ne laisserais personne de ma famille prendre place dans un engin pareil. La semaine dernière, en Suisse, l'un d'eux a eu un accident qui a fait vingt victimes. Je me demande vraiment comment on choisit les chauffeurs !

— Il s'agissait d'un car de la companie *les Demeures et jardins célèbres*.

— Mais... n'est-ce pas celui qu'a pris miss Marple, la protégée de Mr Rafiel ?

— Précisément.

— Elle n'a pas été tuée, elle aussi ?

— Pas que je sache. Il ne s'agit pas d'un accident de la route. Les passagers étaient en excursion et gravissaient une colline assez abrupte lorsqu'un rocher s'est détaché et a blessé miss Temple. On l'a transportée à l'hôpital, et elle y est morte.

— Pas de chance.

— Je me posais tout à l'heure certaines questions, parce que je viens de me souvenir que cette jeune fille avait été élevée à Fallowfield.

— De quelle jeune fille voulez-vous donc parler ?

— De celle qui a été assassinée par Michael Rafiel. Je me rappelais des détails qui semblent avoir un certain rapport avec cette curieuse affaire. J'aurais bien voulu que Rafiel nous fournisse plus de précisions.

— Quel rapport voyez-vous ? demanda Mr Schuster soudain intéressé.

— Cette jeune fille — elle s'appelait Verity Hunt, si je ne me trompe — était l'une de celles qui ont été assassinées à cette époque, et son corps a été retrouvé six mois après sa disparition à une cinquantaine de kilomètres du village où elle habitait. Elle avait été étranglée puis défigurée, mais on est tout de même parvenu à l'identifier grâce à ses vêtements, son sac à main, ses bijoux.

— C'est pour ce meurtre qu'a été condamné Michael Rafiel, n'est-ce pas ?

— Oui. On l'a bien soupçonné, en outre, d'avoir assassiné trois autres filles, au cours de l'année précédente, mais les preuves manquaient, et on s'est contenté de le juger pour le meurtre de Verity Hunt. Il avait d'ailleurs déjà été condamné précédemment pour agression et viol. Il est vrai que nous savons ce que l'on a coutume d'appeler ainsi de nos jours. Une fille attire un garçon à la maison pendant que papa et maman sont au travail et elle le provoque jusqu'à ce que l'inévitable se soit produit. Ensuite, maman conseille prudemment à la gamine d'appeler ça un viol. Mais... là n'est pas la question. Je me demandais si cette enquête que Rafiel a voulu confier à miss Marple ne pourrait pas avoir trait à Michael.

— Il a été reconnu coupable et condamné à la réclusion à vie, je crois ?

— Je ne me rappelle plus très bien. Tout cela est si loin...

— Et Verity Hunt avait été élevée dans le collège dont miss Temple était directrice ? Mais je suppose qu'elle n'y était plus quand elle a été assassinée.

— Non. Elle avait alors dix-huit ou dix-neuf ans et habitait chez des parents. Ou des amis, je ne sais plus. Une gentille gamine, paraît-il. De celles dont on dit toujours : « C'était une enfant très calme, plutôt timide, qui ne serait jamais sortie avec des inconnus et qui n'avait pas d'amoureux. » Mais, en réalité, les parents ne savent jamais si une fille a des amoureux, ces petites futées prenant bien soin qu'ils ne l'apprennent pas. Et le jeune Rafiel avait, dit-on, pas mal de succès auprès des filles.

— On n'a jamais douté de sa culpabilité ?

— Pas un seul instant. A l'audience, il a débité des tas de mensonges, et son avocat aurait été bien inspiré en lui conseillant de se taire. Des amis sont venus lui fournir des alibis dont aucun ne tenait debout et, finalement, il a été déclaré coupable.

— Quelle est votre opinion personnelle ?

— Oh ! ma foi, je n'en ai pas. Je m'interrogeais seulement pour savoir si la mort de cette femme pourrait être en rapport avec l'affaire.

— Quel rapport voulez-vous qu'il y ait ?

— Vous savez, quand un rocher dégringole du haut d'une falaise et tombe sur quelqu'un, ce n'est pas toujours l'œuvre de la nature. A ma connaissance, les rochers ont plutôt tendance à rester à l'endroit où ils se trouvent.

XV

VERITY

— Verity, murmura miss Marple.
Elizabeth Margaret Temple était morte la veille au

soir. Miss Marple, assise à nouveau dans le salon du Vieux Manoir, avait mis de côté la brassière rose qu'elle tricotait précédemment pour entreprendre la confection au crochet d'une écharpe de couleur mauve. Cette touche de demi-deuil cadrait avec ses idées victoriennes sur le tact dont on doit faire preuve en présence d'une tragédie.

L'enquête devait avoir lieu le lendemain à 11 heures. On avait aussi prévenu le curé de la paroisse, lequel devait célébrer un service dans son église. Les employés des pompes funèbres, tout de noir vêtus, le visage professionnellement consterné, s'occupaient des détails matériels, en collaboration avec la police locale. Les passagers du car avaient décidé d'un commun accord d'assister à l'enquête ainsi qu'au service religieux.

Mrs Glynne était venue au *Sanglier d'or* pour demander à miss Marple de retourner au Vieux Manoir jusqu'à ce que le voyage reprît son cours normal.

— Vous serez ainsi à l'abri des reporters, avait-elle fait remarquer.

La vieille demoiselle avait remercié chaleureusement et accepté l'invitation. Le voyage reprendrait sans doute dès après le service religieux. L'étape suivante amènerait les touristes jusqu'à South Bedestone, à cinquante kilomètres de là, où il y avait un hôtel de grand standing dans lequel on devait primitivement faire halte. Et à partir de là, on reprendrait l'itinéraire normal.

Miss Marple, après avoir échangé avec ses hôtesses les remarques conventionnelles qu'exigeaient les circonstances, s'était mise à son tricot tout en songeant à la suite de l'enquête. Et c'est ainsi qu'elle venait de prononcer le nom de Verity, le jetant

116

comme un pavé dans une mare dans le but d'observer le résultat, si toutefois il devait y en avoir un. Ce nom signifierait-il quelque chose pour les trois sœurs ? Sinon, elle ferait une autre tentative le soir même, lorsqu'elle rejoindrait les autres à l'hôtel pour le repas du soir. Ce nom avait été presque le dernier mot prononcé par Elizabeth Temple, et il était probable qu'il causerait une réaction. Elle ne s'était pas trompée. Bien que conservant son masque impassible, ses yeux, derrière leurs lunettes, observaient attentivement les trois femmes.

Mrs Glynne avait laissé tomber le livre qu'elle tenait, et elle la fixait avec une surprise non dissimulée. Clotilde avait vivement levé la tête et, au lieu de regarder miss Marple, avait tourné les yeux vers la fenêtre. Les mains jointes, elle ne bougeait pas, mais des larmes coulaient le long de ses joues. Elle n'avait même pas fait un geste pour prendre son mouchoir, elle ne prononça pas un mot. Miss Marple fut impressionnée par le chagrin qu'elle laissait apparaître. La réaction d'Anthea fut totalement différente.

— Verity ? Verity, avez-vous dit ? La connaissiez-vous ? Je n'avais pas idée... C'est de Verity Hunt que vous voulez parler ?

— C'est un prénom assez rare. Verity.

Miss Marple laissa tomber sa pelote de laine mauve et jeta autour d'elle un regard embarrassé, comme une personne qui se rend compte qu'elle vient de commettre une bévue.

— Je... je suis navrée. N'aurais-je pas dû prononcer ce nom ? C'est seulement parce que...

— C'est un nom... un nom que nous connaissions et qui... nous rappelle des souvenirs, répondit doucement Mrs Glynne.

— Il vient juste de me venir à l'esprit, reprit miss

Marple d'un air d'excuse, parce que cette pauvre miss Temple l'a prononcé devant moi avant de mourir. Vous savez que je suis allée la voir à l'hôpital. Le Pr Wanstead pensait que je pourrais peut-être la tirer de son... apathie. Je ne sais pas si c'est bien le terme qui convient. Je n'étais pas vraiment une de ses amies, mais nous avions bavardé assez longuement, au cours du voyage, et le professeur était persuadée que ma présence lui serait salutaire. Hélas ! ça n'a pas été le cas. Je suis restée à son chevet et j'ai attendu. Elle a d'abord prononcé quelques paroles qui ne semblaient pas avoir de sens. Et soudain, alors que je m'apprêtais à partir, elle a ouvert les yeux et m'a regardée intensément. J'ignore si elle me prenait pour quelqu'un d'autre. Toujours est-il qu'elle a prononcé distinctement ce nom : Verity. Comme vous le comprendrez, il s'est d'autant mieux gravé dans mon esprit qu'elle est morte deux heures plus tard. Quelque chose devait la tracasser. Mais, bien sûr, ce mot pouvait aussi être un nom commun : la vérité.

Miss Marple considéra successivement les trois femmes assises en face d'elle.

— C'était le nom d'une jeune fille que nous connaissions, dit Mrs Glynne. Et c'est pour cela que nous avons été tellement émues.

— Surtout à cause de sa mort affreuse, intervint Anthea.

Clotilde tressaillit.

— Anthea, je t'en prie, inutile d'entrer dans les détails, dit-elle d'une voix grave.

— Mais tout le monde est au courant, reprit Anthea en se tournant vers miss Marple. Je pensais que vous aviez entendu parler d'elle, puisque vous connaissiez Mr Rafiel. Enfin, je veux dire... Il nous avait parlé de vous dans sa lettre. Je suppose donc que vous le connaissiez, et je me disais qu'il avait pu vous raconter toute l'histoire.

— Excusez-moi, je ne saisis pas très bien ce que vous voulez dire.

— On a trouvé son corps dans un fossé.

Il n'y avait pas moyen de retenir Anthea une fois qu'elle était lancée. Mais il était évident que son bavardage intempestif n'avait fait qu'aggraver le chagrin de Clotilde, laquelle avait maintenant pris son mouchoir et essuyait machinalement ses larmes. Elle se tenait très droite dans son fauteuil, l'air hagard.

— Verity, dit-elle d'une voix sourde, était une jeune fille que nous aimions beaucoup. Ses parents étaient des amis à moi, qui avaient été tués dans un accident d'avion, et elle a vécu avec nous pendant un certain temps.

— Elle était au collège de Fallowfield, ajouta Mrs Glynne, et j'imagine que miss Temple a dû se souvenir d'elle.

— Après la mort de ses parents, expliqua Clotilde, Verity était venue habiter chez nous, en attendant de prendre une décision au sujet de son avenir. Elle avait dix-neuf ans et c'était une enfant adorable. Affectueuse, dévouée, aimante. Elle avait un instant songé à devenir infirmière. Mais elle était très intelligente, et miss Temple disait qu'elle devrait poursuivre ses études en faculté. Elle s'y préparait donc et suivait des cours dans ce but, lorsque... cette terrible chose s'est produite.

Clotilde détourna son visage.

— Je... vous ne voyez pas d'inconvénient à ce que nous cessions d'évoquer ces tristes souvenirs ? murmura-t-elle.

— Bien sûr que non, répondit miss Marple, et je

suis véritablement désolée de vous avoir involontairement replongée dans un passé pénible. Je ne savais pas... Je... je n'étais pas au courant. Enfin, je veux dire...

La vieille demoiselle, feignant l'embarras, bredouilla encore quelques paroles incohérentes puis se tut.

Ce même soir, Mrs Glynne vint la retrouver dans sa chambre, alors qu'elle était en train de changer de robe pour retourner à l'hôtel.

— J'ai pensé que je me devais de vous en dire un peu plus au sujet de... Verity Hunt. Bien entendu, vous ne pouviez pas deviner que Clotilde lui était tellement attachée et que cette mort affreuse lui a porté un coup terrible. Nous évitons toujours de mentionner devant elle le nom de cette jeune fille, et...

Mrs Glynne s'interrompit un instant, avant de reprendre d'une voix plus grave :

— Je crois qu'il vaudrait mieux que je vous expose les faits tels qu'ils se sont produits. Ainsi comprendrez-vous mieux. Verity s'était apparemment attachée, à notre insu, à un jeune homme fort indésirable — et même dangereux — qui avait eu affaire à la justice. Une fois, alors qu'il était de passage dans la région, il était venu nous rendre visite, car nous connaissions son père. Mais... mieux vaut que je vous dise toute la vérité : c'était le fils de Mr Rafiel : Michael Rafiel.

— Mon Dieu ! murmura miss Marple. J'avais en effet, entendu chuchoter qu'il avait un fils et que ce dernier lui avait causé de sérieux ennuis.

— C'est le moins qu'on puisse dire. Il avait déjà été condamné à deux reprises pour avoir abusé de jeunes filles, mais ce n'est pas tout : il avait falsifié des chèques et commis d'autres indélicatesses du même ordre. Un garçon peu recommandable, vous le voyez. Nous étions des amies de sa mère, et je me dis souvent qu'elle a eu de la chance de mourir jeune, sans avoir le temps de voir ce que devenait son enfant. Mr Rafiel a pourtant fait pour lui l'impossible : il a essayé de lui trouver des emplois convenables, il a payé des hommes de loi pour le défendre, et je crois qu'il a beaucoup souffert, derrière son masque d'indifférence. Tout le monde, au village, vous dira que nous avons eu dans les environs — à une cinquantaine de kilomètres à la ronde — un déchaînement de violence et une série de crimes. Un jour, Verity est partie en annonçant qu'elle allait voir une amie, et elle n'est jamais revenue. Nous avons alerté la police, on a entrepris des recherches, on a battu la campagne, mais il a été impossible de retrouver sa trace. Nous avons fait passer des avis de recherche dans la presse et à la radio, mais en vain. On a d'abord pensé qu'elle s'était enfuie avec un amoureux. Puis on a appris qu'elle avait été vue en compagnie de Michael Rafiel. La police surveillait déjà le jeune homme que l'on soupçonnait d'être l'auteur d'autres crimes. Seulement, on ne possédait aucune preuve contre lui. Verity, donc, avait été aperçue avec un garçon dont le signalement correspondait à celui de Michael et dans une voiture semblable à la sienne. Mais il a été impossible d'obtenir une preuve concluante jusqu'au moment où, six mois plus tard, dans un fossé qui longe une carrière abandonnée, on a découvert le corps de la jeune fille, recouvert de pierres et de terre. Clotilde a dû aller l'identifier. Certaines marques — un grain de beauté et une vieille cicatrice —

ne pouvaient laisser le moindre doute : il s'agissait bien de Verity. Et ma sœur ne s'est jamais complètement remise du choc qu'elle a reçu. Miss Temple, elle aussi, aimait beaucoup Verity. Et elle a dû se souvenir d'elle, juste avant sa mort.

— Je suis navrée, vraiment navrée, dit miss Marple. Dites à votre sœur, je vous prie, que je ne savais pas... Je n'avais pas la moindre idée...

XVI

L'ENQUÊTE

Miss Marple longeait lentement la rue principale du village, en direction du bâtiment où devait avoir lieu l'enquête du coroner. Ayant consulté sa montre et constaté qu'elle avait une bonne vingtaine de minutes d'avance, elle fit halte devant un magasin de laines et d'articles pour bébés. A l'intérieur, une jeune employée essayait des vêtements à deux enfants. Un peu plus loin, derrière le comptoir, se tenait une femme d'un certain âge.

Miss Marple entra, s'approcha d'elle et tira de son sac un échantillon de laine rose. Elle expliqua qu'elle avait un ouvrage à terminer et qu'il lui manquait une pelote. La marchande lui trouva rapidement ce qu'elle désirait. La vieille demoiselle régla son achat, puis parut tomber en admiration devant un présentoir chargé de laines multicolores dont elle se mit à faire l'éloge. Après quoi, elle introduisit habilement dans la conversation une remarque sur l'accident survenu à miss Temple. Mrs Merrypit — si tant est que son nom fût celui qui était inscrit sur la devanture de la boutique — se mit à expliquer combien il était difficile d'obtenir des autorités locales des mesures adéquates pour éviter de telles catastrophes.

— Voyez-vous, poursuivit-elle, avec la pluie, le sol se détrempe, et c'est alors que les rochers se détachent. Je me souviens d'une certaine année où nous avons eu trois accidents. C'est d'abord un petit garçon qui a failli être tué ; six mois plus tard, un homme a eu le bras cassé ; et la troisième victime a été cette pauvre Mrs Wells, qui était aveugle et presque complètement sourde. Elle n'avait rien entendu, naturellement, sinon elle aurait pu se reculer à temps. Et elle a été tuée sur le coup.

— C'est bien triste, soupira miss Marple. Et ce sont là des choses que l'on n'oublie pas facilement, n'est-ce pas ?

— Certes. Je suppose que le coroner va évoquer ces accidents, tout à l'heure.

— C'est probable. Bien sûr, ces catastrophes ont une cause parfaitement naturelle. Quoique... parfois certaines puissent être provoquées par des imprudences. On pousse une pierre, elle se met à rouler, et c'est le drame.

— Ah ! évidemment, il y a des gamins qui sont toujours en train de faire des bêtises. Pourtant, il ne me souvient pas en avoir jamais vu du côté de Bonaventure.

Miss Marple aiguilla la conversation sur les pull-overs.

— Ce n'est pas pour moi, précisa-t-elle, mais pour un de mes petits-neveux. Il voudrait un chandail à col roulé de couleur vive.

— Oui, les jeunes aiment les couleurs voyantes, de nos jours, excepté pour les pantalons qu'ils choisissent généralement noirs ou bleu foncé.

Miss Marple aurait voulu, expliqua-t-elle, un pull à grands damiers. Rouge et noir, par exemple. Il y avait dans le magasin un assez bel assortiment de pull-overs et de chandails, mais rien en rouge et noir. Et, renseignement pris, il ne semblait pas qu'il y ait jamais eu un article de ce genre. Tout en continuant à examiner quelques échantillons de laine, miss Marple amena la conversation sur les crimes qui, lui avait-on dit, avaient été commis autrefois dans la région.

— On a fini par attraper le coupable, dit Mrs Merrypit. Un beau garçon. Jamais vous ne l'auriez cru capable de commettre des horreurs pareilles. Un garçon qui avait été bien élevé, qui avait fréquenté l'université et dont le père était, paraît-il, très riche. Je suppose qu'il avait l'esprit dérangé, car il y a eu cinq ou six autres filles tuées dans des circonstances analogues. La police a interrogé l'un après l'autre tous les jeunes gens des environs, en particulier un certain Geoffroy Grant. On était presque convaincu, au début, que c'était lui le coupable, car il avait toujours été un peu bizarre. Déjà quand il allait à l'école, il s'en prenait aux fillettes, leur offrant des bonbons pour les attirer dans les chemins creux sous prétexte d'aller cueillir des primevères. Oui, on avait de sérieux soupçons à son égard ; mais, en fin de compte, il n'était pas coupable. Il y avait aussi un autre suspect, Bert Williams. Pourtant, lui aussi avait un alibi. Et il y a eu ensuite ce Mike. Un beau gars, comme je vous l'ai dit, mais qui avait déjà eu de nombreuses histoires : vols, chèques sans provision et autres choses du même ordre. Sans compter deux affaires de paternité : deux filles qu'il avait rendues enceintes et à qui il devait payer une pension.

124

— Celle qui a été tuée était-elle enceinte, elle aussi ?

— Oh oui ! Quand on a trouvé son corps, on a d'abord pensé qu'il s'agissait de Nora Broad, la nièce du meunier. Elle était bien connue pour courir les garçons, et elle avait disparu de chez elle. Pourtant, ce n'était pas elle, mais une autre, toute différente.

— Nora a-t-elle été retrouvée ?

— Non. Il est possible qu'elle le soit un jour. Pourtant, on croit plutôt que son corps a été jeté dans la rivière.

— L'autre jeune fille, celle dont on a retrouvé le corps, résidait près d'ici, je crois ?

— Verity Hunt. Oui, elle habitait le Vieux Manoir depuis la mort de ses parents, tués dans un accident d'avion alors qu'ils se rendaient en Espagne. Mrs Glynne était, je crois, une amie de sa mère. Mais elle n'était pas au manoir, à l'époque, puisqu'elle vivait à l'étranger avec son mari. C'était sa sœur, miss Clotilde, qui s'occupait de la gamine. Elle l'aimait beaucoup, d'ailleurs, et elle a été désespérée à sa disparition. Elle est très différente de miss Anthea.

— Miss Anthea est la plus jeune des trois sœurs, n'est-ce pas ?

— Oui. On prétend qu'elle n'est pas tout à fait normale. Parfois, vous la voyez passer dans la rue, agitant la tête d'une manière bizarre et parlant toute seule, à tel point que les enfants en ont peur. Son grand-oncle, qui habitait autrefois le manoir, était un personnage un peu étrange, lui aussi. Il tirait des coups de revolver dans son jardin, sans rime ni raison, et déclarait à qui voulait l'entendre qu'il était fier de son adresse.

— Miss Clotilde est tout à fait normale, elle.

— Oh, certainement ! Elle est même très intelligente. Elle aurait aimé aller à l'université, quand elle était jeune, mais elle a dû s'occuper de sa mère qui était invalide. Elle aimait beaucoup cette petite Verity et la traitait comme sa propre fille. Puis ce jeune voyou est venu, et la gosse est partie sans dire un mot à qui que ce soit. Je me demande si miss Clotilde savait qu'elle était enceinte. Je ne crois pas.

— Pourtant, vous le saviez, vous.

— Bah ! j'ai de l'expérience. Quand une fille est dans cet état, il ne faut pas longtemps pour m'en rendre compte. C'est assez visible. Pas seulement à la silhouette, mais au regard, à la manière de marcher et de s'asseoir, aux étourdissements et autres malaises. Je me dis alors : « En voilà une autre. » Ah ! Miss Clotilde a été durement touchée, surtout quand elle a dû aller identifier le corps. Depuis cette époque, elle a beaucoup changé.

— Et sa sœur, miss Anthea ?

— C'est étrange, mais j'ai trouvé qu'elle avait un air presque satisfait. Un peu comme si elle se réjouissait de l'événement. Pas très joli, hein ? Ah ! il y a parfois de drôles de choses dans les familles.

Miss Marple prit congé et se dirigea vers la place du marché. Il restait encore quelques minutes avant l'heure fixée pour l'enquête. Elle entra dans le bureau de poste, acheta des timbres, regarda les cartes postales puis les livres brochés qui étaient en vente. Une femme d'âge moyen au visage revêche, assise derrière le comptoir, l'aida à dégager un livre du présentoir métallique.

— Il arrive qu'ils se coincent, expliqua-t-elle. Les gens les regardent, et ils ne les remettent pas correctement en place.

Il n'y avait, pour le moment, personne d'autre

dans le bureau. Miss Marple considéra avec un certain dégoût la couverture du livre qui représentait une femme nue au visage maculé de sang et un assassin à l'air sinistre penché au-dessus d'elle, un couteau à la main.

— Vraiment, dit-elle, je n'aime pas ces horreurs que l'on fait de nos jours.

— Il est vrai qu'on va peut-être un peu loin, pour l'illustration des couvertures. Ça ne plaît pas à tout le monde. On prône trop de violence aussi.

— Mon Dieu, dans quel triste monde vivons-nous !

— Je le sais. Hier encore, j'ai lu dans le journal qu'on avait enlevé un bébé en pleine rue, devant la porte d'un supermarché. La police a retrouvé la voleuse, laquelle a déclaré qu'elle ne savait pas ce qui l'avait prise. Elles disent toutes la même chose, qu'elles volent une savonnette dans un bazar ou un bébé dans son landau.

— Peut-être sont-elles vraiment inconscientes, après tout.

— Vous ne me ferez pas croire ça.

Miss Marple jeta un coup d'œil autour d'elle. Le bureau de poste était toujours désert. Elle s'avança vers le comptoir.

— Peut-être pourriez-vous me donner un renseignement, dit-elle. J'ai fait quelque chose de complètement stupide. Depuis deux ou trois ans, je commets des tas d'étourderies de ce genre. Il s'agit d'un paquet contenant des vêtements d'enfant et que je destinais à une œuvre de charité. Or, ce matin, je me suis rendu compte que je m'étais trompée en rédigeant l'adresse. Je sais bien que vous ne relevez pas les adresses des paquets expédiés, mais peut-être vous rappellerez-vous tout de même. Je voulais le faire parvenir à l'*Association de bienfaisance des Chantiers navals*.

La postière à l'air revêche fut touchée par l'état de sénilité que paraissait présenter sa cliente.

— L'avez-vous apporté vous-même ?

— Non. Je suis en ce moment au Vieux Manoir, et Mrs Glynne m'avait promis de s'en charger. C'était très gentil de sa part, et...

— Voyons, laissez-moi réfléchir. Ce devait être... mardi, non ? Mais ce n'est pas Mrs Glynne qui est venue, c'est miss Anthea.

— Je crois que c'était mardi, en effet.

— Je m'en souviens bien, maintenant. C'était un assez gros paquet de forme rectangulaire. Vous avez dit l'*Association de bienfaisance des Chantiers navals* ? Ah... non. Il ne portait pas cette adresse. Je crois bien me rappeler que le destinataire était un certain révérend Matthew, *Secours féminin d'East Ham*.

Miss Marple joignit les mains en un geste de soulagement.

— Vous êtes vraiment gentille. Je comprends ce qui s'est passé. A Noël dernier, j'ai expédié un colis au révérend Matthew. Et, cette fois, j'ai sottement recopié la même adresse. Je vais écrire pour demander qu'on veuille bien le faire suivre à l'association à laquelle je le destinais. Merci mille fois.

Miss Marple sortit en trottinant, et la postière se tourna vers sa collègue, assise un peu plus loin.

— Pauvre vieille ! Je suppose qu'elle n'en fait jamais d'autres.

En sortant de la poste, Miss Marple se heurta presque à Emlyn Price et à Joanna Crawford. La jeune fille était très pâle et paraissait bouleversée.

— Il faut que j'aille témoigner, expliqua-t-elle. Je ne sais pas ce qu'on va me demander, et j'ai un peu peur. J'ai pourtant déjà dit au constable ce que je croyais avoir vu.

— Ne t'en fais donc pas, dit Emlyn. Ce n'est que l'enquête du coroner, tu sais. Il ne te posera qu'un petit nombre de questions, et tu diras simplement ce que tu as vu.

— Tu l'as vu aussi.

— Oui. Du moins ai-je vu quelqu'un sur la butte. Allons, viens.

— On est venu fouiller nos chambres, à l'hôtel, reprit la jeune fille en se tournant vers miss Marple, et on a regardé dans nos bagages.

— Je suppose qu'ils voulaient trouver ce pull-over à carreaux dont tu as parlé. De toute façon, il n'y a pas lieu de t'inquiéter. Si tu avais eu toi-même un vêtement comme celui-là, tu ne l'aurais pas mentionné, n'est-ce pas ?

— Quoi qu'il en soit, on n'a rien trouvé dans les bagages et je n'ai vu personne porter un pull rouge et noir. Et toi ?

— Non. Il est vrai que je ne l'aurais peut-être pas remarqué, car je ne distingue pas toujours très bien le rouge du vert.

— C'est vrai. Je me suis aperçue, l'autre jour, que tu étais daltonien. Je t'avais demandé si tu n'avais pas vu mon écharpe rouge, et tu m'as répondu que tu en avais vu une verte dans la salle à manger. Tu es allé me la chercher, et elle était bien rouge. Mais tu l'avais vue verte.

— Ne va surtout pas raconter à tout le monde que je suis daltonien. Ça déconcerte les gens, et ils n'aiment pas ça.

— Les hommes sont atteints de daltonisme plus fréquemment que les femmes, expliqua Joanna d'un air docte. C'est une de ces nombreuses choses liées au sexe. Le daltonisme se transmet par les femmes, et ce sont les hommes qui en sont généralement atteints.

— On dirait presque que tu nous parles de la rougeole. Ah ! nous voici arrivés.

— Tu n'as pas l'air du tout impressionné.

— Mais je ne le suis pas. Je n'ai jamais assisté à une enquête de coroner, et les choses sont toujours intéressantes quand on les voit pour la première fois.

Le Dr Stokes, qui remplissait les fonctions de coroner, était un homme aux cheveux grisonnants, porteur de grosses lunettes.

On entendit d'abord le témoignage du constable, puis celui du médecin. Mrs Sandbourne vint ensuite fournir des détails sur l'organisation du voyage en général et de l'excursion à Bonaventure en particulier.

— Miss Temple, précisa-t-elle, était très bonne marcheuse, bien qu'elle ne fût plus jeune. Le groupe des touristes suivait le sentier bien connu qui contourne la colline et monte en pente douce jusqu'à la vieille chapelle de Moorland. Sur la crête voisine, se trouve ce qu'on appelle le monument de Bonaventure. De ce côté-là, la pente est plus abrupte, et les gens la gravissent plus ou moins vite selon leurs possibilités. Il arrive souvent que les jeunes prennent les devants et atteignent le sommet bien avant les autres.

Mrs Sandbourne ajouta qu'elle-même avait l'habitude de demeurer à l'arrière-garde, afin de veiller sur les touristes et de suggérer à ceux qui pouvaient être fatigués de s'arrêter ou même de redescendre. Ce jour-là, miss Temple était restée un moment en compagnie de Mr et Mrs Butler. Puis, trouvant qu'ils avançaient trop lentement pour son goût, elle les avait distancés et avait disparu à un tournant du sentier. C'est quelques minutes plus tard que l'on avait perçu un cri. Mrs Sandbourne et les autres s'étaient précipités et avaient trouvé miss Temple gisant sur le sentier. Un rocher s'était détaché du sommet de la butte et avait dévalé la pente.

— N'avez-vous pas eu l'idée qu'il pouvait s'agir d'autre chose que d'un accident ? demanda le coroner.

— Non. Et je ne vois pas très bien ce que cela pourrait être sinon un accident.

— N'avez-vous vu personne sur la crête ?

— Non, personne.

Joanna Crawford fut appelée ensuite.

— Si j'ai bien compris, dit le coroner, vous ne vous trouviez pas avec les autres touristes, au moment de l'accident.

— Non. Mr Price et moi avions quitté le sentier et contourné la butte.

— De sorte que vous étiez hors de vue du reste du groupe.

— Pas tout le temps.

— Avez-vous aperçu miss Temple ?

— Oui. Elle précédait les autres, et je l'ai vue prendre le tournant du sentier. Ensuite, elle a disparu.

— Y avait-il quelqu'un sur la crête, au-dessus de vous ?

— Oui. Il y avait quelqu'un au milieu des rochers qui se trouvent presque au sommet de la colline.

— Avez-vous vu ce que faisait cette personne ?

— J'ai eu l'impression qu'elle était en train de pousser une grosse pierre, et je me suis demandé pour quelle raison elle pouvait bien agir ainsi. Elle

131

semblait vouloir la faire rouler vers le bord. La chose me paraissait impossible, mais le rocher était sans doute en équilibre instable, car on le voyait osciller.

— Cette personne était-elle un homme ou une femme ?

— Ma foi, j'ai pensé... Je suppose que c'était un homme, car il portait un pantalon et un pull-over d'homme à col roulé.

— De quelle couleur était ce pull-over ?

— Rouge et noir, avec de grands damiers. L'homme — ou la femme — avait aussi une sorte de béret d'où dépassaient des cheveux d'une certaine longueur. Mais... ça pouvait tout de même être un homme.

— Oh, certainement ! répondit le Dr Stokes d'un ton sec. Aujourd'hui, distinguer un homme d'une femme en se basant uniquement sur la longueur des cheveux constitue une tâche quasi impossible. Que s'est-il passé ensuite ?

— La pierre a basculé, puis s'est mise à rouler et à dévaler la pente. Nous avons entendu un grand fracas, et il m'a semblé entendre aussi un cri, mais je n'en suis pas sûre.

— Qu'avez-vous fait alors ?

— Mr Price et moi avons grimpé en courant jusqu'à un endroit d'où nous pouvions apercevoir le sentier du bas.

— Et qu'avez-vous vu ?

— La pierre se trouvait au milieu du sentier, et il y avait quelqu'un allongé à côté. Les autres arrivaient en courant.

— Etait-ce miss Temple qui avait poussé le cri que vous avez entendu ?

— Je... le crois. Mais ce pouvait aussi être quelqu'un d'autre. Oh ! c'était affreux !...

— Je l'imagine aisément. Qu'est-il advenu de l'inconnu que vous aviez vu précédemment sur la crête ? Etait-il encore parmi les rochers ?

— N... non. En tout cas, lorsque j'ai levé les yeux, je n'ai plus vu que les rochers. Il n'y avait personne.

— Cette personne aurait-elle pu être un membre de votre groupe ?

— Oh non ! Je suis sûre que non. Je l'aurais reconnue. Et personne d'entre nous ne porte un pull-over noir et rouge.

— Je vous remercie, miss Crawford.

Emlyn Price fut appelé à son tour, mais son récit ne fit que confirmer celui de Joanna, sans apporter le moindre élément nouveau.

Le coroner déclara qu'il était impossible de déterminer — faute de preuves — dans quelles circonstances précises Elizabeth Temple avait trouvé la mort, et il ajourna la suite de l'enquête à quinzaine.

XVII

MISS MARPLE FAIT UNE VISITE

Sur le chemin du retour, on ne parla guère. Miss Marple, qui marchait à petits pas, ne tarda pas à se retrouver assez loin derrière les autres, en compagnie du Pr Wanstead.

— Que va-t-il se passer maintenant ? demanda-t-elle au bout d'un moment.

— La police va évidemment poursuivre ses recherches en s'appuyant sur le témoignage fourni par les deux jeunes gens. Le coroner était obligé d'ajourner son enquête faute de preuves, car on ne pouvait

s'attendre à lui voir rendre un verdict de mort acci-
dentelle.

— Je le conçois aisément. Que pensez-vous du
témoignage de Joanna et de son chevalier servant ?

Le professeur jeta un coup d'œil oblique à sa
compagne.

— Avez-vous une idée sur la question ? Nous savions par avance ce qu'ils allaient déclarer.

— Certes.

— Je suppose donc que vous voulez me faire dire
ce que je pense d'eux-mêmes, de leur attitude.

Miss Marple hocha la tête.

— C'était intéressant et très saisissant, cette histoire de pull-over à damiers rouges et noirs. Très
important aussi, ne trouvez-vous pas ?

— Certainement, répondit le professeur en lor-
gnant une seconde fois miss Marple de derrière ses
sourcils broussailleux. Qu'est-ce que cela vous suggère ?

— Je trouve que cette description nous fournit un
indice non négligeable.

Ils arrivaient au *Sanglier d'or*. Il était midi et demi,
et Mrs Sandbourne suggéra de prendre un apéritif
avant de passer à table.

— Il y aura, demain à 11 heures, un service funè-
bre à l'église du village, dit-elle ensuite. Et, le lendemain, je crois que nous pourrons reprendre notre
voyage. Le programme en sera légèrement modifié,
puisque nous aurons perdu trois journées, mais j'espère cependant pouvoir le réorganiser sans trop de
difficulté. Certains membres de notre groupe ont
manifesté l'intention de regagner Londres en chemin
de fer. Je comprends parfaitement les sentiments qui
les animent, et je ne souhaite influencer personne. Ce
décès a été un événement fort triste, mais je veux

encore croire qu'il est bien la conséquence d'un déplorable accident, de telles catastrophes s'étant déjà produites. Mais il faut reconnaître, évidemment, que dans ce cas particulier, les conditions atmosphériques ne laissaient prévoir rien de tel. Bien sûr, un quelconque promeneur a pu, fort innocemment, faire basculer ce rocher sans se rendre compte du danger qu'il faisait ainsi courir aux personnes qui pouvaient se trouver en dessous. Il est donc certain qu'on est obligé de poursuivre l'enquête. Si on découvre cette personne, tout peut être rapidement éclairci, car il est invraisemblable que miss Temple ait pu avoir un ennemi décidé à se débarrasser d'elle. Les autorités locales étant seules compétentes pour mener cette enquête, je me permets de suggérer que nous ne discutions plus nous-mêmes de l'affaire. Je suppose que tout le monde voudra assister demain au service religieux. Après cela, j'espère que la suite du voyage pourra vous distraire et vous faire un peu oublier cet événement qui nous a tous tellement frappés. Nous avons encore de très belles demeures à visiter et des paysages ravissants à contempler.

Peu après, on annonça le déjeuner, et on ne parla plus des événements de la veille. Du moins, pas ouvertement. Le repas achevé, tout en prenant le café, on se mit à discuter, par petits groupes, des projets pour les jours suivants.

— Vous proposez-vous de poursuivre le voyage ? demanda le Pr Wanstead à miss Marple.

— Non. Ce qui s'est passé m'incite à prolonger un peu mon séjour ici, répondit la vieille demoiselle d'un air pensif.

— A l'hôtel, ou au Vieux Manoir ?

— Je ne puis savoir si on m'invitera à retourner

au manoir, et vous comprendrez que je ne veuille pas m'imposer. Peut-être, d'ailleurs, vaudrait-il mieux que je reste à l'hôtel.

— N'avez-vous pas envie de regagner St Mary Mead ?

— Pas dans l'immédiat. J'ai encore certaines choses à faire ici, bien que j'aie déjà réalisé l'une d'elles.

Le professeur leva sur son interlocutrice des yeux interrogateurs.

— Si vous poursuivez le voyage, continua-t-elle, je vous dirai ce que j'ai entrepris, et vous suggérerai une petite enquête qui pourrait s'avérer fort utile. L'autre raison qui me pousse à prolonger mon séjour, je vous l'apprendrai plus tard. Il faut auparavant que j'entreprenne certaines recherches sur place. Mais, comme il se peut qu'elles ne donnent rien, je juge inutile de vous en faire part dès maintenant.

— En ce qui me concerne, j'aimerais regagner Londres, à moins bien entendu que je puisse vous être utile ici.

— Non. Je suppose que vous avez, de votre côté, certaines recherches à effectuer. Cependant, avant que vous ne partiez, il y a une ou deux choses à faire qui pourraient donner des résultats.

— Vous avez donc des idées précises.

— Je me rappelle surtout ce que vous m'avez raconté.

— Et je suppose que vous avez flairé l'odeur du mal.

— Vous savez, il est bien difficile de déterminer ce qu'il y a d'anormal dans une certaine atmosphère.

— Mais vous sentez qu'il y a quelque chose d'anormal.

— Incontestablement.

— Et vous êtes persuadée, évidemment, que la mort de miss Temple n'est pas due à un accident, contrairement à ce que pense Mrs Sandbourne.

— Oh non ! ce n'était pas un accident. A propos, je ne crois pas vous avoir dit que miss Temple m'avait déclaré accomplir non pas un voyage touristique mais un pèlerinage.

— Très intéressant. Elle ne vous a cependant pas précisé où et vers qui ce pèlerinage devait la conduire ?

— Non. Si elle avait vécu un peu plus longtemps et si elle n'avait pas été si faible, elle me l'aurait certainement dit. Hélas ! la mort est survenue trop tôt.

— De sorte que vous n'avez aucune idée du but qu'elle poursuivait ?

— Aucune. Mais j'ai le sentiment que c'est la malveillance qui a mis un terme à son pèlerinage. Quelqu'un a voulu l'empêcher d'aller jusqu'au but qu'elle s'était fixé. Nous ne pouvons qu'espérer en la Providence pour nous éclairer.

— Et c'est uniquement pour cela que vous avez l'intention de rester ici ?

— Pas uniquement. Je veux essayer d'en savoir davantage sur une jeune fille nommée Nora Broad.

— Nora Broad ? répéta le professeur d'un air intrigué.

— C'est la jeune fille disparue à peu près en même temps que Verity Hunt. Une fille qui avait, paraît-il, de nombreux amoureux et ne demandait pas mieux que d'en avoir. Une petite sotte, sans doute, mais qui attirait les hommes. Je crois que le fait d'en apprendre un peu plus sur son compte ne pourra que m'aider dans mes recherches.

Le service religieux à la mémoire d'Elizabeth Temple eut lieu le lendemain matin. Tous les membres du groupe y assistaient, et il y avait aussi quelques habitants du village, probablement poussés par une curiosité morbide. Miss Marple nota la présence de Mrs Glynne et de sa sœur Clotilde, mais elle ne vit pas Anthea. Elle remarqua également un vieux clergyman, qui paraissait légèrement handicapé et éprouvait des difficultés pour s'agenouiller et se relever. La vieille demoiselle se demanda qui ce pouvait bien être. Sans doute un ami de miss Temple, venu tout spécialement pour assister au service.

En sortant de l'église, miss Marple échangea quelques mots avec ses compagnons de voyage. Les Butler avaient décidé de regagner Londres.

— J'ai dit à Henry que je ne me sentais pas le courage de continuer cette randonnée, déclara Mrs Butler. J'aurais constamment l'impression que quelqu'un nous attend à un tournant de la route pour tirer sur nous.

— Allons, Mamie, dit Mr Butler, ne te laisse pas ainsi emporter par ton imagination.

— On ne sait jamais ce qui peut se produire. Avec ces gangsters et ces malfaiteurs de toute sorte qui pullulent actuellement, je ne me sens en sécurité nulle part.

Miss Lumley et miss Bentham, par contre, avaient fait taire leurs craintes et comptaient poursuivre leur voyage.

— Nous avons payé fort cher, et ce serait vraiment dommage de ne pas profiter de notre argent à cause de ce déplorable accident.

Sans doute les deux vieilles filles se sentaient-elles plus à leur aise en se persuadant qu'il ne s'agissait que d'un accident.

Mrs Riseley-Porter, elle aussi, poursuivait son voyage. Le colonel et Mrs Walker avaient décidé que rien au monde ne pourrait les empêcher d'aller contempler les jardins qu'on devait visiter le surlendemain et qui contenaient une extraordinaire quantité de fuchsias des espèces les plus rares. Jameson ne voulait pas non plus manquer la visite des demeures dont l'architecture l'intéressait au plus haut point. Mr Caspar, lui, comptait repartir en chemin de fer. Quant à miss Cooke et à son amie miss Barrow, elles paraissaient indécises.

— Il y a d'assez jolies promenades à faire dans les environs immédiats, dit la première, et je crois que nous allons rester un peu au *Sanglier d'or*. C'est bien ce que vous comptez faire également, n'est-ce pas, miss Marple ?

— Je crois bien que oui. Je n'ai pas tellement envie de poursuivre ce voyage. Après ce qui vient d'arriver, un ou deux jours de repos me feraient le plus grand bien.

Le petit groupe se dispersa, et miss Marple s'éloigna de son côté. Elle tira de son sac une feuille arrachée à son agenda et sur laquelle étaient inscrites deux adresses. La première était celle d'une certaine Mrs Blackett, qui habitait une coquette villa à la sortie du village.

Une femme de petite taille lui ouvrit la porte.

— Voudriez-vous me permettre d'entrer une minute, s'il vous plaît ? demanda miss Marple. Je viens d'assister à ce service religieux, et je ne me sens pas très bien. Si je pouvais m'asseoir un instant.

— Mais bien sûr, ma brave dame ! Entrez donc et prenez place dans ce fauteuil. Je vais chercher un verre d'eau. Mais peut-être préféreriez-vous une tasse de thé ?

— Non, merci. Un peu d'eau me conviendra très bien.

Mrs Blackett s'éloigna quelques secondes pour revenir avec un verre d'eau.

— Je me sens beaucoup mieux, affirma miss Marple après avoir bu.

— Vous êtes donc allée au service pour cette pauvre demoiselle qui a été tuée dans un accident. Parce que, moi, je suis persuadée qu'il s'agit d'un accident. Mais avec ces enquêtes, on voudrait essayer de tout transformer en crime.

— C'est vrai. D'autant plus qu'il y a bien eu assez de crimes et de disparitions, dans le passé, n'est-ce pas ? Hier encore, on me parlait d'une jeune fille, une certaine Nora...

— Nora Broad, oui. C'était même la fille d'une de mes cousines. Mais il y a déjà longtemps de cela. Un beau jour, elle est partie pour ne plus revenir. Que voulez-vous, ces filles de maintenant, il n'y a plus moyen de les tenir. Je disais toujours à ma cousine Nancy : « Tu travailles au-dehors toute la journée, et pendant ce temps, que fait Nora ? Tu sais qu'elle est très portée sur les garçons, et un jour ça tournera mal, tu verras. » Hélas ! je ne me trompais pas.

— Vous voulez dire que...

— Bien sûr, il lui est arrivé la tuile classique : elle s'est fait mettre enceinte. Sa mère ne s'en doutait probablement pas. Mais moi, j'ai soixante-cinq ans, et on ne me trompe pas si facilement. Je crois même savoir qui avait fait le coup. Mais je n'en suis pas certaine, parce que le gars en question est resté au village, et il a eu l'air véritablement malheureux lorsque Nora a disparu.

— S'est-elle enfuie avec un autre ?

— La dernière fois qu'on l'a vue, elle était dans

une voiture en compagnie d'un étranger. On l'avait déjà aperçue à deux ou trois reprises avec ce même gars, et on dit que c'est aussi dans cette voiture que se promenait parfois cette pauvre fille qui a été assassinée. Mais je ne pense pas que Nora ait fini de cette façon. Si elle était morte, on aurait retrouvé son corps, depuis tout ce temps, vous ne croyez pas ?

— C'est probable, en effet.

— Depuis l'âge de douze ans, elle courait après les garçons et, finalement, elle a dû s'enfuir pour de bon avec l'un d'eux. Elle n'a jamais donné de ses nouvelles — pas même une carte postale —, mais je ne peux m'empêcher de croire qu'elle reviendra un jour ou l'autre, après avoir reçu une bonne leçon.

— Avait-elle d'autres parents ici ? Ou des amis, des gens qui s'intéressaient à elle ?

— Ma foi, tout le monde était gentil envers elle, surtout au Vieux Manoir. Mrs Glynne n'était pas ici, à cette époque, mais miss Clotilde était très bonne pour elle. Une fois, elle lui avait même donné une robe et une écharpe : une très belle robe d'été et un foulard de soie. Elle essayait aussi de l'intéresser à ses études, mais Nora était plutôt paresseuse, et elle n'aimait pas beaucoup l'école. Miss Clotilde lui faisait même parfois des reproches à propos de sa conduite. Je ne devrais sans doute pas dire ça de la fille de ma cousine, mais elle se conduisait d'une manière épouvantable avec les garçons. N'importe quel homme pouvait l'emmener s'il avait envie d'elle, et je me disais qu'un jour elle finirait sur le trottoir. Réellement, je ne crois pas qu'elle ait eu devant elle un autre avenir que celui-là. Il me répugne de dire ces choses, mais c'est la vérité. Bah ! après tout, cela vaut peut-être mieux que de se faire assassiner comme miss Hunt, la jeune fille qui habitait au manoir. Une bien triste histoire. On croyait aussi, au début, qu'elle s'était enfuie avec quelqu'un, et les policiers faisaient des recherches partout, posant des questions à tout le monde, interrogeant les jeunes gens suspects, en fin de compte...

Miss Marple se leva en déclarant qu'elle se sentait maintenant tout à fait bien, remercia Mrs Blackett et prit congé.

Sa seconde visite fut pour une jeune fille, qu'elle trouva dans son jardin en train de repiquer des laitues.

— Nora Broad ? Oh ! il y a des années qu'elle n'est plus au village. Elle a filé avec un homme, paraît-il. Elle avait toujours aimé les gars, et je me demande où elle finira. Vous auriez voulu la voir ?

— J'ai reçu une lettre d'une amie qui habite à l'étranger, mentit sans vergogne miss Marple. Une très bonne famille, et mon amie se proposait d'engager une certaine Nora Broad, une fille qui a eu des ennuis — mariée avec un voyou qui l'a abandonnée sans un sou —, et qui voulait trouver un emploi de garde d'enfants. Mon amie ne savait rien d'elle, mais j'ai entendu parler ici d'une jeune fille de ce nom, et j'ai pensé qu'il pourrait s'agir de la même personne. Je cherche donc quelqu'un qui puisse me fournir des renseignements sur elle. Vous avez peut-être été à l'école ensemble ?

— Oui, nous étions dans la même classe, mais je n'approuvais pas sa conduite. Je lui disais souvent qu'elle avait tort de suivre tous ceux qui lui proposaient une balade en voiture et l'emmenaient boire dans des pubs où elle était probablement obligée de mentir sur son âge. Il est vrai qu'elle était très mûre et paraissait plus âgée qu'elle ne l'était en réalité.

— Etait-elle blonde ou brune ?

— Brune, avec de très beaux cheveux qui retombaient sur ses épaules.

— Est-ce que la police l'a recherchée, quand elle a disparu ?

— Oui, car elle est partie sans rien dire à personne. Un jour, elle est sortie et n'est pas revenue. On l'a vue monter dans une voiture et, à partir de ce moment-là, personne n'a revu ni la voiture ni Nora. A cette époque, il y avait eu plusieurs meurtres dans la région, et on a cru qu'elle avait pu être assassinée. Les policiers la recherchaient, ils interrogeaient les gars qui avaient été vus avec elle à un moment ou à un autre... Mais, pour moi, il y a de fortes chances pour qu'elle soit à Londres ou dans une autre grande ville, en train de gagner sa vie en faisant du striptease ou autre chose. C'était tout à fait son genre.

— Ma foi, s'il s'agit de la même fille, dit miss Marple, je ne crois pas que ce soit exactement l'employée qui convienne à mes amis.

— Je ne le crois pas non plus. Ou alors, il faudrait qu'elle ait rudement changé.

XVIII

L'ARCHIDIACRE BRABAZON

Lorsque miss Marple pénétra dans le hall de l'hôtel, la réceptionniste s'avança vers elle.

— Il y a quelqu'un qui désirerait vous parler. C'est l'archidiacre Brabazon. Il a appris que ·vous étiez de passage chez nous et il voulait absolument vous voir avant votre départ. Il vous attend dans le salon de la télévision. J'ai pensé que vous y seriez plus tranquilles que dans le grand salon.

L'archidiacre Brabazon était le vieux clergyman que miss Marple avait remarqué à l'église. Il se leva à son entrée.

— Miss Marple ? Je suis venu ce matin assister au service à la mémoire de miss Elizabeth Temple, qui était une de mes vieilles amies.

— Asseyez-vous donc, je vous en prie.

— Merci. Je ne suis pas aussi solide qu'autrefois. Miss Marple prit place, elle aussi, dans un fauteuil.

— Je me rends compte, reprit le clergyman, que je vous suis totalement inconnu. Mais j'ai fait une brève visite à l'hôpital de Carristown pour avoir un entretien avec l'infirmière-chef, avant de me rendre à l'église, et elle m'a appris qu'Elizabeth Temple vous avait réclamée à son chevet.

— C'est parfaitement exact, et cela m'a d'ailleurs surprise.

— N'étiez-vous pas une de ses amies ?

— Non. J'avais seulement fait sa connaissance au cours de ce voyage. Nous avions échangé quelques idées et avions sympathisé tout de suite, mais je n'en ai pas moins été étonnée quand elle a manifesté le désir de me voir.

— Ainsi que je vous l'ai dit, Elizabeth Temple était pour moi une amie de toujours. J'habite Fillminster, où votre car fera halte après-demain, et elle s'apprêtait à me rendre visite, car elle souhaitait, m'avait-elle écrit, me consulter sur un sujet qui lui tenait à cœur.

— Puis-je vous poser une question, en espérant qu'elle ne sera pas indiscrète ?

— Je vous en prie.

— Miss Temple m'avait dit qu'elle n'avait pas entrepris ce voyage dans le seul but de visiter des demeures historiques et des jardins, et qu'elle effectuait une sorte de pèlerinage. C'est le terme même qu'elle a employé.

— Très intéressant, en vérité. Et sans doute significatif.

— Croyez-vous — et c'est la question que je voudrais vous poser — que le but de ce « pèlerinage », fût précisément la visite qu'elle comptait vous faire ?

— Je pense que c'est probable.

— Nous avons parlé d'une jeune fille du nom de Verity Hunt.

— Ah oui ! Verity Hunt. Elle est morte il y a déjà plusieurs années. Le saviez-vous ?

— Oui, je le savais. Miss Temple m'a appris que cette jeune fille avait été fiancée au fils d'un certain Mr Rafiel. Ce Mr Rafiel — qui est décédé lui aussi — était un de mes amis. C'est même lui qui a financé mon voyage, et j'ai pensé qu'il souhaitait peut-être me faire rencontrer miss Temple, sachant qu'elle serait à même de me fournir certains renseignements.

— Des renseignements sur Verity ?

— Oui.

— C'est aussi la raison pour laquelle elle venait me voir. Elle voulait être mise au courant de certains faits.

— Savoir, probablement, pourquoi Verity avait rompu ses fiançailles avec le jeune Rafiel.

— Verity, répondit l'archidiacre, n'a pas rompu ses fiançailles. J'en suis absolument sûr.

— Pourquoi, dans ces conditions, le mariage n'a-t-il pas eu lieu ? N'allez pas croire que ma question n'est dictée que par la simple curiosité. Je ne suis pas en pèlerinage, moi, mais en mission, si je puis employer ce terme.

Le clergyman dévisagea un instant la vieille demoiselle.

— J'exécute les dernières volontés du père de Michael Rafiel, précisa miss Marple.

— Je n'ai aucune raison de ne pas vous dire ce que je sais. Ces deux jeunes gens avaient l'intention de se marier, et ils m'avaient demandé de célébrer ce mariage, qu'ils souhaitaient garder secret. Je connaissais depuis longtemps cette chère petite Verity, que j'avais préparée à la confirmation. A cette époque, je me rendais assez régulièrement à Fallowfield pour le carême, pour Pâques et en d'autres occasions. Miss Temple était une femme extraordinaire, très compétente, sachant guider ses élèves et utiliser toutes leurs possibilités. Quant à Verity, c'était une jeune fille remarquable. Elle n'était pas seulement très belle physiquement, elle avait aussi des qualités morales indéniables. Mais elle avait eu le grand malheur de perdre ses parents avant d'avoir vraiment atteint l'âge adulte. C'est après leur mort qu'elle était allée habiter chez miss Clotilde Bradbury-Scott, qui était une amie de sa mère et qui a tout fait pour lui rendre la vie agréable. Elle l'a emmenée deux ou trois fois à l'étranger, et elle l'aimait profondément. Verity, de son côté, lui était très attachée. Je ne l'avais pas revue depuis qu'elle avait quitté le collège, lorsqu'un jour elle vint me voir chez moi en compagnie de Michael Rafiel que je connaissais vaguement. Ils s'étaient épris l'un de l'autre et voulaient se marier.

— Et vous avez accepté de célébrer le mariage ?

— Oui. Peut-être pensez-vous que j'aurais dû refuser, étant donné qu'ils étaient venus à l'insu de miss Bradbury-Scott, laquelle, je suppose, avait dû essayer de dissuader la jeune fille. C'était d'ailleurs son droit ; car, à franchement parler, Michael Rafiel n'était pas exactement le fiancé qu'on aurait souhaité à Verity. Je ne lui ai d'ailleurs pas caché, mais je me suis aperçu qu'il l'avait mise au courant de son passé. Il lui avait aussi promis de s'amender. Je le mis cependant en garde, en lui précisant bien que la nature humaine ne se transforme pas aussi aisément. Elle me répondit qu'elle s'en rendait parfaitement compte. « Je connais Mike, me dit-elle, et je sais qu'il sera sans doute toujours le même. Mais je l'aime et je suis prête à courir le risque. » J'ai connu beaucoup de jeunes couples, dans la vie sacerdotale, et j'ai appris à reconnaître l'amour véritable. Eh bien, je puis affirmer que ces deux jeunes gens s'aimaient. J'ai donc accepté de les marier. Nous avons fixé le jour, l'heure et le lieu...

— Et ils voulaient que leur mariage fût tenu secret ?

— Oui. Je crois qu'ils craignaient que l'on s'y oppose. Et je pense aussi que Verity avait le sentiment de se libérer, sentiment bien naturel, étant donné les circonstances dans lesquelles s'était déroulée sa vie. Elle avait perdu ses parents à l'âge où une jeune fille est le plus susceptible de s'enticher de quelqu'un : d'une compagne plus âgée, d'un professeur, que sais-je ? Cet état n'est évidemment que transitoire, et ensuite elle souhaite trouver le garçon à qui elle pourra offrir tout son amour, l'homme qui la complétera. Clotilde était extrêmement bonne pour Verity, et la jeune fille s'est d'abord passionnément attachée à elle. Mais, peu à peu, elle a dû prendre conscience d'un désir secret de liberté, de fuite même. Fuir pour aller où ? Elle n'en savait rien.

Mais elle l'a compris dès qu'elle a rencontré Michael. Alors, elle a souhaité voler de ses propres ailes, s'installer dans une vie nouvelle auprès de l'homme qu'elle venait de découvrir et qu'elle aimait. Cependant, elle savait qu'il lui serait impossible de faire comprendre cela à Clotilde, qui se serait refusée à prendre au sérieux son amour pour Michael. Et Clotilde, je m'en rends compte maintenant, aurait eu raison. C'est pourquoi j'éprouve au fond de moi-même un certain sentiment de culpabilité. Mes intentions étaient bonnes, mais j'ignorais certaines choses. Je connaissais Verity, mais *je ne connaissais pas Michael*. Je comprenais que Verity veuille tenir son projet secret, car je savais Clotilde dotée d'une forte personnalité, et elle aurait certainement usé de toute son influence sur la jeune fille pour la faire renoncer à ce mariage.

— Pensez-vous que Verity l'ait tout de même mise au courant, et que Clotilde ait réussi à la convaincre ?

— Non, je ne le pense pas. Je suis sûr que Verity m'en aurait parlé.

— Que s'est-il passé, le jour prévu pour le mariage ?

— J'ai attendu les deux jeunes gens, mais ils ne sont pas venus. Et ils n'ont pas non plus envoyé un mot d'explication ou d'excuse. Rien. Je n'ai jamais compris, et aujourd'hui encore cela me semble incroyable. Comprenez-moi bien : ce que je trouve incompréhensible, ce n'est pas le fait qu'ils ne soient pas venus, mais bien le fait qu'ils ne m'aient en aucune façon donné de leurs nouvelles. C'est pourquoi je me demandais si Elizabeth Temple, avant de mourir, ne vous aurait pas fourni une explication. Je savais que Verity n'aurait rien dit à Clotilde, mais j'imaginais qu'elle avait pu se confier à miss Temple.

— Elle lui avait seulement annoncé qu'elle allait épouser Michael Rafiel.

— Miss Temple n'en savait donc pas plus que moi.

— N'avez-vous aucune idée de ce qui a pu se passer ?

— Non. Je suis cependant convaincu que Verity et Michael ne se sont pas séparés, qu'ils n'ont pas rompu leurs fiançailles.

— Et pourtant, il faut bien qu'il se soit produit *quelque chose*.

— Un seul événement a pu mettre un terme à leur projet.

— La mort ?

Miss Marple se souvenait d'un mot prononcé par miss Temple. Un mot qui lui avait paru résonner comme un glas.

— Oui, la mort, dit l'archidiacre.

— L'amour, murmura miss Marple d'un air songeur.

— Que voulez-vous dire ?

— Je répète une parole de miss Temple. Lorsque je lui ai demandé de quoi était morte Verity, elle m'a répondu : « D'amour. » Et elle a ajouté : « Un des mots les plus effrayants qui soient au monde. »

— Je comprends. Ou plutôt, je crois comprendre.

— Quelle est donc l'explication que vous entrevoyez ?

— Un dédoublement de la personnalité. Jekyll et Hyde sont des personnages bien réels, vous savez. Ils ne sont pas sortis de l'imagination de Stevenson. Michael Rafiel pouvait être d'un côté un garçon aimable, charmant, ne visant que la poursuite du bonheur auprès de la jeune fille qu'il aimait, et il pouvait en même temps avoir une seconde personnalité qui le poussait à tuer. A tuer non pas un ennemi, mais au contraire la personne aimée. Et c'est ainsi qu'il a dû assassiner Verity, sans même savoir ni le pourquoi de son acte ni sa portée. Il faut qu'il ait été pris d'une véritable crise de folie pour étrangler sa fiancée et la défigurer sauvagement. Disons, si vous voulez, que Mr Hyde avait pris le dessus.

Miss Marple frissonna.

— Et pourtant, continua le clergyman, je me prends parfois à espérer que ce n'est pas lui qui a commis ce crime atroce, mais un autre, un étranger que la jeune fille aurait rencontré par hasard...

— L'hypothèse n'est pas à exclure, évidemment.

— Et pourtant, je dois reconnaître que Michael avait fait très mauvaise impression, le jour de son procès, en débitant des mensonges insensés et en se faisant fournir par des amis des alibis absolument invraisemblables. Manifestement, il avait peur. Il n'a pas soufflé mot de son projet de mariage, son avocat ayant dû se dire que cela risquerait de jouer contre lui. On aurait pu penser qu'il était dans l'obligation d'épouser la jeune fille et qu'il ne voulait pas. Cela est loin, maintenant, et j'ai oublié les détails. Mais tout était contre lui. Il avait vraiment l'air coupable, et *il l'était*. Pourquoi a-t-il tué Verity ? Parce qu'elle allait peut-être avoir un enfant ? Parce qu'il s'était déjà attaché à une autre femme ? On peut aussi supposer que Verity a soudain pris conscience du danger qu'elle courait, qu'elle a eu peur de lui, et que cette attitude a déclenché la fureur du jeune homme. On ne peut pas savoir.

— J'ai pourtant la conviction que l'horreur d'un tel crime s'accorde mal avec l'amour profond que, selon vous-même, ces deux jeunes gens éprouvaient l'un pour l'autre. Peut-être Michael aurait-il pu, en certaines circonstances, étrangler sa fiancée. Mais il n'aurait jamais défiguré aussi sauvagement le visage qu'il aimait.

Miss Marple resta un moment plongée dans ses pensées, puis elle murmura d'un air absorbé :

— L'amour, l'amour... Un mot effrayant.

XIX

LE MOMENT DES ADIEUX

Le lendemain matin, le car était rangé devant l'hôtel. Miss Marple, descendue pour dire au revoir à ses compagnons de voyage, trouva Mrs Riseley-Porter dans un état de profonde indignation.

— Réellement, ces jeunes filles d'aujourd'hui n'ont aucune résistance, aucune énergie.

Miss Marple leva vers elle un regard interrogateur.

— Je parle de ma nièce, Joanna.

— Mon Dieu ! Elle n'est pas souffrante, au moins ?

— Je ne vois en elle rien qui puisse le laisser supposer. Cependant, elle prétend qu'elle a mal à la gorge et ne va pas tarder à avoir de la fièvre. Des sottises !

— Vous m'en voyez navrée. Si je puis me rendre utile, m'occuper un peu d'elle...

— A votre place, je n'en ferais rien, car si vous voulez m'en croire, tout cela n'est qu'un prétexte, déclara nettement Mrs Riseley-Porter.

A nouveau, miss Marple l'interrogea du regard.

— Ces jeunes filles sont des sottes. Toujours en train de s'amouracher de quelque garçon.

— Emlyn Price ?

— Ah ! vous avez aussi remarqué le manège, n'est-ce pas ? Ils en sont maintenant arrivés au stade où ils ne songent qu'à filer le parfait amour. Je n'apprécie pourtant pas beaucoup ces étudiants contestataires, porteurs de longues crinières et toujours en train de revendiquer une chose ou l'autre. Et puis, comment vais-je m'arranger, sans personne pour s'occuper de moi, rassembler les bagages... C'est pourtant moi qui ai payé les frais de ce voyage.

— Votre nièce me semblait cependant très attentionnée à votre égard.

— Pas depuis un ou deux jours, en tout cas. Les jeunes filles ne comprennent pas que l'on ait besoin d'un peu d'aide lorsqu'on atteint un certain âge. Ils se sont mis en tête — Joanna et le jeune Price — d'aller faire une excursion jusqu'à un point de vue quelconque, à cinq ou six kilomètres d'ici.

— Si elle a véritablement mal à la gorge et de la température...

— Vous verrez que dès que le car sera parti, la gorge ira mieux et la température baissera. Oh ! mon Dieu, il me faut maintenant gagner ma place. Au revoir, miss Marple. Ravie de vous avoir rencontrée, et je regrette que vous ne veniez pas avec nous.

— Je le regrette aussi, croyez-le bien. Mais, voyez-vous, je ne suis pas aussi jeune et aussi robuste que vous. Après le choc de ces derniers jours, j'éprouve le besoin de m'accorder vingt-quatre heures de repos complet.

Mrs Riseley-Porter monta dans le car.

— Bon voyage et bon débarras ! dit une voix derrière miss Marple.

La vieille demoiselle se retourna pour se trouver en face d'Emlyn Price, souriant de toutes ses dents.

— C'est à Mrs Riseley-Porter que vous vous adressiez ?

— Bien sûr. A qui voudriez-vous que ce soit ?

— Je suis désolée de savoir que Joanna est malade, ce matin.

Le jeune homme sourit à nouveau.

— Dès que le car aura tourné le coin de la rue, elle ira parfaitement bien.

— Vraiment ! Vous voulez dire que...

— Très exactement. Elle commence à en avoir marre de cette tante autoritaire qui la fait marcher à la baguette.

— Vous ne partez pas non plus, alors ?

— Non. Je reste encore un ou deux jours. Je me propose de faire quelques excursions à pied dans les environs.

Le colonel et Mrs Walker s'approchaient.

— Nous sommes enchantés d'avoir fait votre connaissance, miss Marple. J'ai pris un plaisir infini à bavarder avec vous. Il est seulement bien triste que nous ayons été les témoins de cet accident qui a coûté la vie à miss Temple. Car je persiste à croire qu'il s'agit bien d'un accident, et je suis persuadé que le coroner fait fausse route en envisageant une autre hypothèse.

— S'il y avait quelqu'un dans les rochers — comme l'affirme miss Crawford — il paraît pour le moins étrange que ce mystérieux inconnu ne se soit manifesté d'aucune façon.

— Il doit évidemment avoir peur, et préfère se tenir tranquille. Eh bien ! au revoir, miss Marple. Je vous enverrai une bouture de ce magnolia du Japon dont nous avons parlé, mais je ne sais pas s'il poussera aussi bien dans votre région.

Le colonel et sa femme montèrent à leur tour dans le car. Au même moment, Mrs Sandbourne sortait de l'hôtel. Elle fit aussi ses adieux à miss Marple avant de rejoindre les passagers. La vieille demoiselle se retourna et s'approcha du Pr Wanstead.

— Je voudrais vous parler. Pouvons-nous trouver un endroit tranquille où nous ne serons pas dérangés ?

— Je suggère la terrasse où nous étions l'autre jour.

Un coup de klaxon retentit, et le car démarra.

— Vous savez, dit le professeur, j'aurais mieux aimé vous voir partir avec les autres. Et je me demande si je ne devrais pas rester aussi, afin de veiller sur vous.

— C'est parfaitement inutile. Il y a des choses beaucoup plus importantes que vous pourriez faire. Des choses que je ne puis accomplir moi-même, en particulier prendre contact avec les autorités.

— Vous voulez parler de Scotland Yard ? Du chef de la police ?

— Et même du ministre de l'Intérieur si vous voulez, répliqua miss Marple.

— En voilà des idées ! Allons, que voulez-vous que je fasse exactement ?

— Tout d'abord, je vais vous donner une adresse.

Elle tira de son sac un bout de papier qu'elle tendit au professeur.

— Qu'est-ce que c'est ? Oh ! une institution charitable, n'est-ce pas ?

— L'une des meilleures et des plus efficaces, certainement. On leur envoie des vêtements de femmes et d'enfants, des manteaux, des pull-overs et

154

autres qu'ils distribuent aux familles nécessiteuses.

— Et vous souhaitez que j'apporte mon concours à cette œuvre ?

— Pas le moins du monde. Je voudrais que vous fassiez une petite enquête au sujet d'un paquet expédié d'ici il y a deux jours.

— Qui l'a expédié ? Vous ?

— Non, mais j'en ai assumé la responsabilité.

— Qu'est-ce à dire ?

Miss Marple esquissa un sourire.

— Je suis allée au bureau de poste expliquer que j'avais chargé quelqu'un d'expédier un paquet et que j'avais stupidement inscrit une adresse erronée. J'avais l'air, je suppose, passablement désorientée, et la postière a eu pitié de moi. Elle est parvenue à se souvenir de l'adresse. J'ai alors déclaré que j'allais écrire une lettre pour demander que l'on veuille bien faire suivre le colis. Bien sûr, je n'en ai pas la moindre intention. C'est vous qui allez vous occuper de l'affaire. Il faut que nous sachions ce que contient ce paquet.

— Y aura-t-il à l'intérieur le nom de l'expéditeur ?

— Je ne le pense pas. Il y aura probablement quelque chose comme *De la part d'une amie*, ou bien une adresse fictive. On pourrait aussi y trouver — mais c'est infiniment peu probable — l'inscription : *De la part de miss Anthea Bradbury-Scott*.

— C'est elle qui...

— Qui a porté le paquet à la poste, oui.

— Et c'est vous qui le lui aviez demandé ?

— Oh non ! Je n'avais rien demandé à personne. La première fois que j'ai vu ce colis, c'est précisément le jour où nous étions tous les deux assis sur cette même terrasse.

— Et vous avez agi ensuite comme si vous étiez la véritable expéditrice ?

— Oui. Il me fallait savoir à qui ce paquet était adressé.

— Pensez-vous qu'il présente un intérêt réel ?

— Je crois que son contenu peut être d'une extrême importance.

— Vous ne détestez pas garder jalousement vos secrets, hein ?

— Ce ne sont pas exactement des secrets. Je ne fais qu'explorer certaines possibilités. Et je répugne à porter des affirmations définitives tant que je ne suis pas sûre de moi.

— Fort bien. Autre chose ?

— Je crois que les autorités responsables devraient être prévenues que l'on pourrait bien faire sous peu la découverte d'un second cadavre.

— Un cadavre en rapport avec cette affaire vieille de dix ans ?

— Oui. En fait, je suis absolument certaine que cette découverte ne saurait tarder.

— Et ce serait le cadavre... de qui ?

— Jusqu'à présent, je ne saurais émettre qu'une hypothèse.

— Mais vous savez où il se trouve ?

— Oh oui ! Pourtant, il me faut attendre encore un peu avant de pouvoir vous le dire.

— S'agit-il d'un homme ou d'une femme ?

— Il y a eu, à la même époque, la disparition d'une autre jeune fille, appelée Nora Broad. Et il faut bien que son corps se trouve quelque part.

— Vous savez, j'ai de moins en moins envie de vous laisser seule ici. Je crains que vous ne commettiez quelque imprudence, et je crois bien que je vais rester.

— Certainement pas. Vous allez, au contraire, partir pour Londres et faire les démarches que je vous ai suggérées.

— Si je ne m'abuse, vous en savez déjà long sur toute cette affaire ?

— Je crois, effectivement, en savoir assez long, mais il faut cependant que je vérifie mes déductions.

— Soupçonnez-vous quelqu'un en particulier ?

— Les faits que j'ai rassemblés semblent désigner une certaine personne, mais je dois découvrir... Vous m'avez demandé, une fois, si je percevais le mal. Eh bien, oui. Je le sens ici. Une atmosphère de mal, de danger, de malheur. Et il faut que j'agisse. Mais... vous allez manquer votre train, si vous ne vous pressez pas un peu, professeur.

La porte qui donnait sur le salon s'ouvrit au même moment. Miss Cooke et miss Barrow apparurent sur le seuil.

— Je vous croyais parties avec le car, remarqua le professeur.

— Nous avons changé d'avis au dernier moment, répondit miss Cooke d'un ton plein d'entrain. Nous venons de découvrir que l'on peut faire, dans les environs, quelques excursions très intéressantes. Et il y a aussi, paraît-il, une petite église avec une façade saxonne fort curieuse. Elle ne se trouve qu'à six ou sept kilomètres d'ici, et on peut y aller facilement en empruntant le bus local. Vous savez, je ne m'intéresse pas uniquement aux jardins. Je suis également passionnée d'architecture religieuse.

— Moi aussi, déclara miss Barrow. Il existe également à Finley Park de magnifiques jardins qui méritent une visite. Tout cela nous a incitées à rester encore un jour ou deux.

— Au *Sanglier d'or* ?

— Oui. Nous avons eu la chance d'obtenir une très belle chambre à deux lits, bien plus confortable que celle que nous occupions précédemment.

— Vous allez manquer votre train, professeur, répéta miss Marple.

— J'aimerais bien que vous...

— Ne vous faites pas de souci pour moi.

Le professeur salua et s'éloigna. Comme il disparaissait à l'angle de l'hôtel, la vieille demoiselle hocha pensivement la tête.

— Un homme charmant, dit-elle, qui prend soin de moi exactement comme si j'étais sa grand-tante ou quelque chose de ce genre.

— Tous ces événements ont dû vous bouleverser, reprit miss Cooke. N'aimeriez-vous pas nous accompagner, cet après-midi, pour aller visiter cette église de Saint-Martin ?

— Vous êtes très aimables, répondit miss Marple avec un sourire, mais je ne me sens pas encore assez forte pour entreprendre une excursion. Peut-être demain serai-je plus alerte...

XX

LES IDÉES DE MISS MARPLE

Après le déjeuner, miss Marple passa sur la terrasse pour prendre le café. Elle dégustait sa seconde tasse lorsque apparut Anthea Bradbury-Scott.

— Oh ! Miss Marple, nous venons d'apprendre que vous n'étiez pas partie avec les autres et mes sœurs m'envoient pour vous demander si vous n'aimeriez pas revenir au manoir pour un jour ou deux.

Je suis sûre que ce serait plus agréable pour vous. A l'hôtel, il y a tellement d'allées et venues, surtout pendant le week-end. Et puis cela nous ferait vraiment plaisir que vous acceptiez.

— C'est très aimable à vous. Je ne devais rester ici que deux jours, et j'avais l'intention de poursuivre mon voyage avec les autres. Mais après ce tragique accident, je n'en ai pas eu le courage. J'ai pensé qu'il me fallait encore au moins une bonne nuit de repos.

— Il serait donc mieux que vous reveniez chez nous. On s'efforcera de vous rendre votre séjour aussi agréable que possible.

— Je n'en doute pas une seconde. Je me suis trouvée parfaitement bien au Vieux Manoir. C'est une si belle demeure, et vous avez de si jolies choses ! Une maison particulière, c'est tellement plus sympathique qu'un hôtel !

— Puisque tel est votre avis, je vous emmène. C'est décidé. Je peux même aller ranger vos affaires, si vous voulez.

— Je vous remercie, mais je peux très bien le faire moi-même, vous savez.

— Je vais cependant aller vous aider.

Les deux femmes montèrent à la chambre de miss Marple, et Anthea se mit à entasser pêle-mêle les affaires dans la valise. La vieille demoiselle, qui avait sa façon bien à elle de plier ses vêtements, se mordait les lèvres tout en arborant un sourire forcé.

Puis Anthea alla réquisitionner un porteur de l'hôtel qui transporta la valise jusqu'au Vieux Manoir. Après avoir gratifié l'homme d'un bon pourboire, miss Marple rejoignit les trois sœurs.

« Les Trois Sœurs ! Les Parques ! » songeait-elle en prenant place dans un fauteuil du salon.

Elle ferma les yeux pendant quelques instants et

s'efforça de paraître essoufflée, ce qui pouvait passer pour assez naturel à son âge après le trajet qu'elle venait de faire en compagnie d'Anthea et du porteur, lesquels marchaient d'un bon pas. En réalité, elle n'était pas le moins du monde fatiguée. Elle essayait seulement de percevoir à nouveau l'atmosphère de cette demeure.

Elle rouvrit les yeux. Mrs Glynne entrait à ce moment-là avec le thé. Comme à l'accoutumée, elle avait un air calme et un visage impassible. Trop impassible, peut-être. Avait-elle pris l'habitude, au cours d'une vie difficile, de ne pas montrer ses émotions et ses sentiments ?

Miss Marple reporta ses regards sur Clotilde et, cette fois encore, ne put s'empêcher de songer à Clytemnestre. Pourtant, Clotilde n'avait pas assassiné son mari, puisqu'elle n'en avait jamais eu, et il était invraisemblable qu'elle ait pu tuer une jeune fille à qui elle était si profondément attachée. Attachement incontestable, songea miss Marple en se rappelant les larmes sincères de Clotilde lorsqu'on avait mentionné devant elle la mort de Verity.

Et Anthea ? C'était elle qui avait porté le paquet au bureau de poste. Une femme véritablement étrange, avec ses yeux mobiles et inquiets qui semblaient voir des choses que les autres ne percevaient pas. « Elle a peur, se dit miss Marple. Peur de quoi ? A-t-elle vraiment le cerveau dérangé ? A-t-elle peur qu'on ne la renvoie dans un établissement spécialisé où elle a peut-être passé une partie de vie ? »

Oui, il y avait dans cette maison une atmosphère particulière. Tout en buvant son thé, miss Marple se demandait ce que pouvaient bien faire miss Cooke et miss Barrow. Etaient-elles allées visiter l'église Saint-Martin, ainsi qu'elles le lui avaient annoncé ? Il y avait aussi en elles quelque chose de bizarre. La façon même dont miss Cooke s'était rendue à St Mary Mead sous un faux nom donnait véritablement à penser.

Mrs Glynne repartit vers la cuisine avec le plateau vide, et Anthea sortit dans le jardin. Miss Marple resta seule avec Clotilde.

— Je suppose, dit-elle, que vous connaissez l'archidiacre Brabazon ?

— Oui. Il était au service religieux, hier. Le connaissez-vous aussi ?

— Je ne l'avais jamais vu auparavant, mais il est venu me rendre visite à l'hôtel. Il était allé précédemment à l'hôpital et voulait avoir des détails sur la mort de miss Temple. Il se demandait si elle ne lui aurait pas laissé un message. En effet, je crois qu'elle se proposait d'aller le voir après-demain chez lui. Je lui ai expliqué que je m'étais rendue à son chevet, mais que l'on ne pouvait déjà plus rien tenter pour la sauver.

— Elle ne vous a pas dit comment... l'accident s'était produit ?

Clotilde avait posé la question d'un air détaché, mais miss Marple se demandait si elle n'était pas plus intéressée qu'elle ne voulait le laisser paraître. Pourtant, elle ne pensait pas que ce fût le cas. Clotilde paraissait absorbée par des pensées totalement différentes.

— Croyez-vous qu'il s'agisse vraiment d'un accident ? demanda la vieille demoiselle, ou bien pensez-vous qu'il faille attacher une certaine importance au témoignage de la petite Crawford, qui affirme avoir vu quelqu'un pousser le rocher ?

— Ma foi, je suppose qu'elle a dû dire la vérité, puisque le jeune homme a confirmé ses dires.

— En effet, ils ont tous deux déclaré la même chose, quoique en termes différents. Mais il n'y a sans doute à cela rien que de très naturel.

Clotilde la dévisagea avec une certaine curiosité.

— Cette histoire semble vous intriguer, dit-elle.

— Ma foi, elle me paraît tellement extraordinaire ! A moins que...

— A moins que quoi ?

— Rien. Je réfléchissais seulement.

Mrs Glynne venait de reparaître.

— De quoi parliez-vous donc ? demanda-t-elle.

— De ce qui est arrivé à miss Temple. Accident ou... autre chose. Cette histoire racontée par les deux jeunes gens peut paraître bizarre.

Le silence pesa pendant quelques minutes sur la pièce.

— Il y a dans cette maison une atmosphère étrange, dit soudain Mrs Glynne. Quelque chose dont nous ne pouvons nous défaire depuis... depuis la mort de Verity. Plusieurs années se sont écoulées, et cependant on dirait qu'une ombre rôde toujours parmi nous. Qu'en pensez-vous, miss Marple ? Ne ressentez-vous pas cela ?

— Moi, je suis étrangère à ces lieux. Pour vous et vos sœurs, qui vivez constamment ici et qui connaissiez cette jeune fille, les choses peuvent être totalement différentes. C'était, d'après l'archidiacre, une enfant très belle et charmante.

— Véritablement adorable, affirma Clotilde.

— J'aurais aimé la connaître mieux, dit Mrs Glynne. Comme vous le savez, j'étais à l'étranger, à cette époque. Nous sommes bien venus en congé une fois, mon mari et moi, mais nous avons surtout séjourné à Londres. Nous ne venions ici que rarement.

Anthea revenait du jardin, un gros bouquet de lis à la main.

— Des fleurs funèbres, dit-elle. C'est ce qu'il nous faut ici, n'est-ce pas ? Je vais les mettre dans un vase. Des fleurs funèbres, oui.

Elle fit entendre un étrange rire hystérique.

— Je vais les mettre dans l'eau, répéta-t-elle d'un ton maintenant enjoué.

Elle quitta la pièce.

— Vraiment, dit Mrs Glynne dès qu'elle eut disparu, je crois qu'elle est...

— Son état empire de jour en jour, précisa Clotilde.

Miss Marple avait pris sur le guéridon un petit coffret en émail et le considérait avec des yeux admiratifs, feignant de se désintéresser de la conversation.

Mrs Glynne se leva.

— Elle va probablement casser un vase, dit-elle en se dirigeant vers la porte.

Miss Marple leva les yeux vers Clotilde.

— N'êtes-vous pas inquiète pour votre sœur ?

— Mon Dieu, si. Elle a toujours été un peu déséquilibrée, mais depuis quelque temps, je trouve qu'elle va de plus en plus mal. Elle n'a pas la moindre idée de la gravité de certaines choses et nous gratifie de son rire hystérique à propos des événements les plus sérieux. On devrait lui faire suivre un traitement, mais elle ne voudrait sûrement pas quitter cette maison. Après tout, elle est ici chez elle au même titre que nous.

— Ah ! la vie est souvent bien difficile, soupira miss Marple.

— Et mon autre sœur, Lavinia, parle maintenant de repartir s'installer à l'étranger. A Taormina, je crois, où elle a habité longtemps avec son mari. Elle vit avec nous depuis plusieurs années, mais elle semble être reprise du désir de s'éloigner, de voyager. Parfois, il m'arrive de penser qu'il ne lui plaît peut-être pas de demeurer dans la même maison qu'Anthea.

— J'ai entendu citer des cas où il s'élevait effectivement, dans les familles, de semblables difficultés.

— Elle a peur d'Anthea, véritablement peur. Je lui dis pourtant qu'il n'y a aucune raison à cela. Anthea est étrange et raconte parfois des histoires saugrenues, c'est vrai ; mais je ne pense pas qu'elle puisse présenter un danger quelconque. Je veux dire... enfin... oh ! je crois que je ne sais plus très bien ce que je veux dire.

— Vous n'avez jamais eu d'ennuis avec elle.

— Oh non ! Elle pique parfois de petites crises de colère et elle se met soudain à prendre certaines personnes en aversion. Elle est également jalouse d'un tas de choses, et souvent je me dis qu'il vaudrait mieux vendre le manoir, tout abandonner...

— Je conçois combien il doit vous être pénible de vivre avec les souvenirs du passé.

— Je suis heureuse que vous le compreniez. Oui, on ne peut s'empêcher de penser, de repenser sans cesse à cette enfant merveilleuse qui était pour moi comme ma propre fille. Elle était d'ailleurs la fille d'une de mes amies les plus chères. Elle était aussi tellement intelligente, et j'étais si fière d'elle ! Et puis, il y a eu ce maudit garçon... mentalement déficient...

— Vous voulez parler du fils de Mr Rafiel, j'imagine ?

— Oui. Si seulement il n'était jamais venu ici ! Il s'est trouvé qu'il était de passage dans la région, et son père lui avait suggéré de nous rendre visite. Oh ! il savait parfois être charmant, mais ce n'était pas moins un délinquant et un mauvais sujet. Il était allé en prison à deux reprises, et il avait eu de vilaines affaires avec des jeunes filles. Mais je n'aurais jamais imaginé que Verity s'entiche de lui comme elle l'a fait. Elle ne pensait qu'à lui, ne voulait pas entendre prononcer une seule parole contre lui et prétendait que tout ce qui lui était arrivé n'était pas de sa faute. « Tout le monde est contre lui, et personne ne fait preuve de la moindre indulgence à son égard », répétait-elle. On finit par se lasser d'entendre des choses semblables. Ne peut-on vraiment faire entrer un peu de bon sens dans l'esprit des jeunes filles ?

— Je reconnais qu'elles n'en ont généralement pas beaucoup.

— J'ai essayé d'éloigner ce jeune homme de la maison en lui demandant de ne pas revenir. Mais, naturellement, c'était stupide, je m'en suis rendu compte après coup, car je ne faisais ainsi que les inciter à aller se rencontrer ailleurs, je ne sais où. Ils avaient plusieurs lieux de rendez-vous. Le garçon venait prendre Verity en voiture en un endroit convenu d'avance et ne la ramenait que le soir, souvent très tard. A deux reprises, il ne la ramena même que le lendemain. Je tentai de leur faire comprendre que cela devait cesser, mais ils ne voulurent rien entendre.

— Verity avait-elle l'intention d'épouser ce jeune homme ?

— Je ne pense pas que les choses soient jamais allées jusque-là. J'ai la conviction, en tout cas, que lui n'avait jamais songé à la prendre pour femme.

— Je suis navrée pour vous. J'imagine la souffrance que vous avez dû éprouver.

— Le moment le plus dur a été celui où il m'a fallu aller identifier le corps. C'était un certain temps après... après la disparition de Verity. Nous avions d'abord cru qu'elle s'était enfuie avec lui, mais la police n'était pas de cet avis. Et puis, on a retrouvé la pauvre enfant à une cinquantaine de kilomètres d'ici. C'est alors que j'ai dû aller l'identifier. Quel affreux spectacle ! Vous ne pouvez imaginer de quelle brutalité, de quelle cruauté il avait fait preuve. Pourquoi avait-il agi ainsi ? N'était-ce donc pas assez que de l'avoir étranglée avec sa propre écharpe ? Mon Dieu ! je n'ai pas la force d'en parler davantage... Je ne peux pas...

Des larmes se mirent soudain à couler le long des joues de Clotilde.

— Je compatis à votre peine, dit doucement miss Marple.

— Et encore ne savez-vous pas le pire.

— Comment cela ?

— Oh ! c'est à propos de... d'Anthea...

— Que voulez-vous dire ?

— Elle était déjà extrêmement bizarre, à cette époque. Terriblement jalouse. Elle paraissait s'être brusquement retournée contre Verity, la regardant comme si elle la haïssait. Et quelquefois, il m'arrivait de penser... que peut-être... oh non ! c'est trop affreux à imaginer. On ne peut pas croire cela de sa propre sœur, n'est-ce pas ? Mais elle se mettait parfois dans des colères terribles, et je me demandais si elle n'aurait pas été capable... Non, je ne dois pas dire des choses semblables. Oubliez tout ça, voulez-vous ? Cela ne signifie rien. Rien du tout. Mais... mais il n'en reste pas moins qu'elle n'est pas tout à fait normale, on est bien obligé de le reconnaître. Déjà quand elle était toute jeune, il était arrivé à deux ou trois reprises des choses... Par exemple, nous avions un perroquet qui racontait des sottises, comme tous les perroquets. Eh bien, un jour, elle lui a tordu le cou. Après cela, je n'ai jamais pu me sentir totalement en confiance auprès d'elle. Je n'étais pas sûre... je ne pouvais pas... Oh ! mon Dieu, voilà que je vais, moi aussi, avoir une crise de nerfs.

— Allons, allons, ne pensez plus à tout ça.

— Vous avez raison. Il est déjà bien assez dur de savoir que Verity est morte d'aussi horrible façon. Du moins les autres jeunes filles sont-elles maintenant à l'abri des entreprises de ce monstre. On l'a condamné à la prison à vie. Au fond, on aurait dû l'enfermer à Broadmoor, car je suis sûre qu'il n'était pas responsable de ses actes.

Clotilde se leva et quitta rapidement le salon. Mrs Glynne revenait au même moment.

— Il ne faut pas faire attention à ce qu'elle raconte, dit-elle, car elle ne s'est jamais complètement remise de ce drame affreux. Elle aimait tellement Verity !

— Elle semble se faire également du souci pour votre autre sœur.

— Pour Anthea ? Bah ! Anthea est un peu nerveuse, capable de s'emporter pour des riens, et elle a parfois des idées étranges, mais je ne crois pas que Clotilde ait tellement à s'en faire à son sujet. Oh ! mon Dieu, qui donc est là ?

Deux silhouettes venaient d'apparaître timidement sur le seuil de la porte-fenêtre.

— Excusez-nous, dit miss Barrow, nous faisions seulement le tour de la maison à la recherche de miss Marple. Nous avions appris qu'elle était venue chez vous, et... Oh ! vous êtes là, ma chère miss Marple ! Nous voulions vous prévenir que nous ne sommes pas allées visiter cette église, car elle est fermée, paraît-il, pour cause de nettoyage. J'espère que vous voudrez bien nous pardonner d'être venues jusqu'ici. J'ai sonné à la grille, mais on n'a pas répondu, et...

— La sonnette est effectivement un peu capricieuse, reconnut Mrs Glynne. Parfois elle fonctionne à la perfection, et parfois aussi elle ne veut rien savoir. Mais asseyez-vous donc. Nous bavarderons un peu en buvant un verre de xérès.

Mrs Glynne s'éloigna un instant pour reparaître avec une bouteille et des verres. Elle était accompagnée d'Anthea, et aussi de Clotilde qui avait maintenant retrouvé son calme.

— Je me demande comment va tourner l'enquête au sujet de la mort de cette pauvre miss Temple, dit-elle. Il faut croire que la police n'est pas satisfaite, puisqu'elle continue ses recherches. Pourtant, il paraît invraisemblable qu'il puisse s'agir d'autre chose que d'un accident.

— Il faut simplement savoir, répondit miss Marple, si ce rocher s'est mis à rouler tout seul ou bien si quelqu'un l'a poussé.

— Oh ! s'écria miss Cooke, vous ne pensez tout de même pas... Qui donc aurait pu vouloir faire une chose pareille ? Il est vrai qu'il y a toujours des voyous partout... Ces étrangers ou ces étudiants. Je me demande si...

— Vous vous demandez, reprit miss Marple, si le coupable est l'un de nos compagnons de voyage.

— Mon Dieu, je n'ai pas dit ça !

— Non. Mais on ne peut tout de même s'empêcher de se poser la question. Si la police est sûre qu'il ne s'agit pas d'un accident, il faut forcément qu'il y ait un coupable. Et comme miss Temple n'était pas d'ici, il paraît invraisemblable que le coupable soit quelqu'un du village. On en revient donc aux touristes qui se trouvaient dans le car.

Miss Marple émit un petit rire chevrotant.

— Je ne devrais sans doute pas dire de telles choses, mais il se passe tant d'événements extraordinaires...

— Avez-vous une idée précise sur la question ? demanda Clotilde.

— Ma foi, j'examine certaines possibilités.

— Mr Caspar ! déclara miss Cooke. Dès le début, je l'ai trouvé antipathique. J'avais la nette impression qu'il devait faire partie d'un réseau d'espionnage ou d'une organisation du même ordre. Peut-être n'est-il venu en Angleterre que pour surprendre des secrets atomiques.

— Je ne pense pas, dit Mrs Glynne avec un léger sourire, qu'il y ait beaucoup de secrets atomiques à découvrir dans notre région.

— Bien sûr que non ! déclara Anthea. Mais miss Temple pouvait être une criminelle, il était peut-être sur sa piste.

— Ne dis donc pas de sottises ! répliqua Clotilde. Tu sais bien que miss Temple était l'ancienne directrice de Fallowfield. Pourquoi quelqu'un aurait-il été à sa poursuite ?

— Je ne sais pas, moi. Elle avait pu perdre la raison, et...

— Je suis certaine, reprit Mrs Glynne, que miss Marple a des idées.

— Mon Dieu, oui, reconnut la vieille demoiselle. J'en ai un certain nombre. Il me semble que les seules personnes qui auraient pu... oh ! c'est difficile à exprimer. Je veux dire qu'il y a deux personnes auxquelles on songe aussitôt. Je n'affirme pas qu'elles sont coupables, bien entendu. Je suis même persuadée qu'elles sont, au fond, parfaitement honnêtes. Mais je ne vois personne d'autre qui puisse être logiquement soupçonné.

— Voilà qui est très intéressant.

— Encore une fois, ce ne sont là que des conjectures.

— Qui a pu, selon vous, faire rouler ce rocher ?

— Je l'ignore. Mais il se peut fort bien que Joanna Crawford et Emlyn Price n'aient vu personne, contrairement à ce qu'ils ont déclaré.

— Je ne vous suis pas très bien, murmura Anthea.

— On entend souvent parler de jeunes gens qui agissent d'une manière fort étrange.

— Voulez-vous laisser supposer que Joanna et Emlyn auraient pu eux-mêmes faire rouler ce rocher ?

— Ne trouvez-vous pas que ce sont les deux suspects les plus plausibles ?

— Vraiment, dit Clotilde, je n'y aurais pas songé. Mais je reconnais... Oui, il pourrait y avoir du vrai dans ce que vous dites. Bien sûr, je ne connais pas ces deux jeunes gens. Je n'ai pas voyagé en leur compagnie, moi, et...

— Oh ! ils ne sont pas du tout désagréables, affirma miss Marple, et Joanna m'a paru être une fille particulièrement capable.

— Capable de faire n'importe quoi ? demanda Anthea.

— Anthea, tais-toi donc ! lança Clotilde.

— Très capable, reprit miss Marple. Après tout, si on projette de commettre un meurtre, il faut savoir agir sans se faire remarquer.

— Il faudrait donc qu'ils soient de mèche, fit observer miss Barrow.

170

— Oui, puisqu'ils ont raconté sensiblement la même histoire. Ce sont, je le répète, les deux suspects les plus plausibles. Ils se trouvaient cachés des autres membres du groupe qui étaient eux, un peu plus bas sur le sentier, et ils avaient parfaitement la possibilité de grimper jusqu'au sommet de la butte pour faire basculer le rocher. Peut-être, d'ailleurs, n'avaient-ils pas l'intention de tuer miss Temple. Ils ont pu vouloir commettre un acte d'anarchie purement gratuit : vouloir tuer quelqu'un. N'importe qui. Et ensuite, ils ont affirmé avoir vu un inconnu dans les rochers. Un inconnu qui portait un vêtement assez particulier, facilement identifiable, ce qui semble plutôt invraisemblable.

— L'idée me paraît intéressante, déclara Mrs Glynne. Qu'en penses-tu, Clotilde ?

— Je reconnais que cette hypothèse n'est pas à exclure.

— Eh bien, dit miss Cooke en se levant, il nous faut retourner à l'hôtel. Est-ce que vous nous accompagnez, miss Marple ?

— Non. Oh ! j'ai oublié de vous dire que miss Bradbury-Scott a eu l'amabilité de m'inviter à passer la nuit au manoir.

— Je m'en rejouis. Vous serez ici beaucoup mieux qu'au *Sanglier d'or*, car il est arrivé cet après-midi un groupe de touristes particulièrement bruyants.

— Voulez-vous venir prendre le café avec nous après le repas ? suggéra Clotilde. Il fait chaud, et la soirée sera belle.

— C'est très gentil de votre part, répondit miss Cooke, et nous serons ravies d'accepter votre invitation.

XXI

L'HORLOGE SONNE TROIS FOIS

— Il paraît surprenant que miss Cooke et miss Barrow aient renoncé à poursuivre leur voyage pour rester ici, fit remarquer Anthea.

— Cela me semble au contraire tout à fait naturel, répondit miss Marple. J'imagine qu'elles ont un but précis.

— Un but ? répéta Mrs Glynne. Que voulez-vous dire ?

— Insinuez-vous qu'elles s'occupent de ce meurtre ? reprit vivement Anthea, l'air intéressé.

— J'aimerais bien, lança sa sœur, que tu cesses de parler de meurtre à propos de la mort de miss Temple.

— Mais c'en est un, ça ne fait pas le moindre doute ! Je me demande seulement qui l'a commis. Une de ses anciennes élèves sans doute, qui la détestait au point de souhaiter la voir disparaître.

— Croyez-vous que la haine puisse être aussi tenace ? demanda miss Marple.

— Oh oui ! Je pense que l'on peut haïr quelqu'un pendant des années.

— Ce n'est pas mon avis. J'ai la conviction que la haine s'éteint assez rapidement. Elle est loin d'avoir la même puissance que l'amour.

— Ne croyez-vous pas que miss Cooke et miss Barrow auraient pu commettre ce crime ?

— Je t'en prie, Anthea ! s'écria Mrs Glynne. Elles ont l'air de très braves femmes.

— Moi, je leur trouve quelque chose de mystérieux. Et toi, Clotilde ?

— Tu as peut-être raison. Elles m'ont paru un peu... artificielles, si je puis ainsi m'exprimer.

— Je leur trouve même un air sinistre, renchérit Anthea.

— Tu as toujours eu trop d'imagination, répliqua Mrs Glynne. Quoi qu'il en soit, au moment de l'accident, elles étaient en bas du sentier. Vous les avez vues, n'est-ce pas, miss Marple ?

— Je n'en avais guère la possibilité.

— Miss Marple n'était pas sur les lieux, expliqua Clotilde. Elle se trouvait ici, dans notre jardin.

— Oh ! c'est vrai. Je l'avais oublié.

— C'était une si belle journée, si calme ! dit la vieille demoiselle d'un ton rêveur, et je l'ai tellement appréciée ! Demain matin, j'aimerais bien aller contempler une autre fois cette multitude de fleurs blanches qui recouvrent l'ancienne serre. Elles m'aideront à me souvenir de mon séjour au Vieux Manoir.

— Je déteste ces fleurs, dit Anthea. Je voudrais pouvoir faire reconstruire la serre. Nous le ferons dès que nous aurons assez d'argent, n'est-ce pas, Clotilde ?

— Non. Nous laisserons le jardin tel qu'il est. Je ne veux pas qu'on y touche. A quoi nous servirait cette serre ? Il faudrait des années avant d'avoir à nouveau une treille qui porte des raisins.

— Je vous en prie, intervint Mrs Glynne, arrêtez de discuter là-dessus. Passons dans le salon : nos invitées ne vont pas tarder à arriver.

Miss Cooke et miss Barrow apparurent effectivement quelques minutes plus tard. Clotilde versa le café et distribua les tasses.

— Pardonnez-moi, miss Marple, dit miss Cooke en se penchant un peu vers la vieille demoiselle, mais si j'étais à votre place, je ne boirais pas de café à cette heure-ci. Cela vous empêchera de dormir.

— Oh ! croyez-vous ? Je suis parfaitement habituée à prendre du café le soir.

— Sans doute. Mais celui-ci est très fort, et je vous conseille vivement de ne pas le boire.

Miss Marple leva les yeux et constata que son interlocutrice avait un air particulièrement sérieux. Ses cheveux décolorés retombaient sur son visage, masquant un de ses yeux, tandis que l'autre clignait imperceptiblement.

— Il est possible que vous ayez raison. J'imagine que vous vous y connaissez un peu en diététique ?

— Oui. Je m'y suis intéressée par la force des choses lorsque j'étais infirmière.

— Vraiment !

Miss Marple repoussa légèrement sa tasse.

— Auriez-vous, par hasard, une photo de Verity ? demanda-t-elle en se tournant vers Clotilde. L'archidiacre Brabazon m'a longuement parlé d'elle, et j'ai cru comprendre qu'il l'aimait beaucoup.

— Je le crois aussi. Il a toujours beaucoup aimé les jeunes.

Clotilde se leva, traversa le salon et alla soulever le dessus d'un petit bureau. Elle revint avec une photo qu'elle tendit à miss Marple.

— Voici Verity.

— Un très beau visage, murmura la vieille demoiselle. Oui, très beau, vraiment. Et peu commun. Pauvre enfant !

— Il se passe aujourd'hui des choses terribles, dit Anthea. Les jeunes filles sortent avec n'importe qui, et personne ne prend la peine de veiller sur elles.

— De nos jours, elles doivent veiller sur elles-mêmes, répondit Clotilde. Malheureusement, elles n'ont pas la moindre idée de la façon dont il faut agir.

Elle avança la main pour reprendre la photo que tenait toujours miss Marple. Ce faisant, elle heurta du bras la tasse de café qui alla s'écraser au sol.

— Oh, mon Dieu ! s'écria miss Marple. Est-ce ma faute ? J'ai dû vous pousser du coude.

— Pas du tout. C'est ma manche qui a accroché la tasse. Peut-être aimeriez-vous un peu de lait chaud, si vous craigniez que le café vous empêche de dormir.

— Vous êtes gentille. Je crois, en effet, qu'un verre de lait chaud avant le coucher a un effet calmant.

Au bout de quelques instants, miss Cooke et miss Barrow se levèrent et prirent congé, ce qui ne les empêcha pas de revenir presque aussitôt, l'une après l'autre, pour récupérer une écharpe et un sac à main qu'elles avaient oubliés.

— Que de chichis ! soupira Anthea dès qu'elles eurent disparu.

— Je suis assez de l'avis de Clotilde, dit Mrs Glynne, quand elle prétend que ces deux femmes manquent de naturel. Elles n'ont pas l'air... vrai, si je puis dire.

— C'est aussi mon opinion, avoua miss Marple, et je me suis posé bien des questions à leur sujet. Je me suis demandé, en particulier, pour quelle raison elles ont entrepris ce voyage.

— Et vous avez découvert la réponse ? demanda Clotilde.

La vieille demoiselle poussa un soupir.

— Je le crois. En fait, j'ai découvert les réponses à bon nombre de questions.

Clotilde se leva pour aller chercher un verre de lait chaud à la cuisine. Après quoi, elle accompagna miss Marple jusqu'à sa chambre.

— N'avez-vous besoin de rien d'autre ? demanda-t-elle en posant le verre sur la table de chevet.

— Non, merci. J'ai vraiment tout ce qu'il me faut. C'est très aimable à vous de m'avoir invitée à passer une autre nuit au manoir, vous savez.

— Après la lettre de Mr Rafiel, nous ne pouvions pas moins faire. C'était un homme très attentionné.

— C'est vrai. Le genre d'homme qui pense à tout. Un cerveau remarquable. Eh bien, je vous souhaite une bonne nuit, miss Clotilde. Je vais me coucher avec grand plaisir, car j'ai besoin de repos.

— Voulez-vous que je vous fasse monter votre petit déjeuner, demain matin ?

— Non, non. Je ne veux surtout pas vous déranger. Une tasse de thé peut-être, si vous le voulez bien. Ensuite, j'aimerais, avant le déjeuner, aller faire un petit tour dans le jardin. Je voudrais revoir cette butte couverte de si belles fleurs blanches.

— Bonne nuit, dit Clotilde. Dormez bien.

Dans le hall du Vieux Manoir, au bas de l'escalier, la grande horloge sonna 3 heures. Un mince filet de lumière apparut sous la porte de la chambre.

Miss Marple se dressa sur son lit et approcha la main de l'interrupteur de la lampe de chevet. La porte s'ouvrit doucement. Maintenant, il n'y avait plus de lumière dans le couloir, mais on percevait un léger bruit de pas. La vieille demoiselle actionna l'interrupteur.

— Oh ! c'est vous, miss Clotilde. Que se passe-t-il donc ?

— Je suis simplement venue voir si vous n'aviez besoin de rien.

Miss Marple leva les yeux vers son hôtesse. Clotilde était drapée dans une longue robe de chambre mauve, et ses cheveux noirs encadrant son front pâle lui donnaient un air tragique.

— Ne puis-je rien vous apporter ? insista-t-elle.

— Non, merci. Mon Dieu ! je crois que je n'ai pas bu mon lait.

— Pourquoi ?

— J'ai pensé que ce ne serait pas très bon pour moi.

Clotilde se tenait immobile au pied du lit.

— Pas très sain, ajouta miss Marple.

— Que voulez-vous dire ? demanda Clotilde d'une voix plus dure.

— Vous le savez parfaitement.

— Pas le moins du monde.

— Non ?

Il y avait, dans ce simple monosyllabe, une nuance d'ironie qui ne put échapper à Clotilde.

— Votre lait est froid. Je vais vous en chercher un autre.

Elle avança la main pour se saisir du verre.

— Ne vous donnez pas cette peine. Même si vous me l'apportiez, je ne le boirais pas.

— Je ne comprends pas votre attitude, miss Marple. Vous êtes extraordinaire. Pourquoi parlez-vous ainsi ? Quelle sorte de femme êtes-vous donc ? Qui êtes-vous ?

— L'un de mes noms est Némésis, dit-elle.

— Némésis ? Qu'est-ce que cela veut dire ?

— Je suis sûre que vous ne l'ignorez pas. Vous êtes une femme instruite. La justice est parfois tardive, mais elle finit par venir.

— A quoi faites-vous allusion ?

— A une ravissante jeune fille que vous avez tuée.

— Que j'ai tuée ! Qu'est-ce que cela signifie ?

— Je parle de Verity.

— Et pourquoi l'aurais-je tuée ?

— Parce que vous l'aimiez.

— Bien sûr que je l'aimais. Je lui étais profondément attachée. Et elle m'aimait aussi.

— Quelqu'un m'a dit — il n'y a pas longtemps — que l'amour était une chose effrayante. *Et c'est vrai.* Vous aimiez trop Verity. Pour vous, elle était tout au monde. Elle vous est restée attachée jusqu'au moment où un amour tout différent est entré dans sa vie. Elle s'est éprise d'un jeune homme. Pas très recommandable, je vous l'accorde. Mais elle l'aimait, il lui rendait son amour, et elle voulait s'en aller pour vivre sa vie. Vivre avec l'homme de son choix, se marier, avoir des enfants, réaliser le rêve de toute jeune fille.

Clotilde fit deux pas en avant et se laissa tomber sur une chaise.

— Vous semblez avoir très bien compris. Ce que vous venez de dire est la vérité, et je ne le nierai pas. A quoi bon, d'ailleurs ?

— Vous avez raison : il ne servirait de rien de nier.

— Pouvez-vous imaginer combien j'ai souffert ? Pouvez-vous imaginer la douleur que l'on ressent lorsqu'on se rend compte qu'on va perdre ce qu'on a de plus cher au monde ? Et cela, je le perdais au profit d'un petit misérable, vicieux et dépravé, d'un homme indigne de ma belle, de ma splendide Verity. Il fallait que je m'oppose à cela. Il fallait...

— Plutôt que de laisser partir cette jeune fille, vous l'avez assassinée.

— Croyez-vous vraiment que j'aurais pu commettre un acte semblable ? Croyez-vous que j'aurais eu le courage d'étrangler cette jeune fille qui était tout pour moi, de la défigurer, d'écraser son visage adoré ? Personne, à l'exception de ce garçon, n'aurait fait une telle chose.

— Je ne crois pas, en effet, que vous auriez été capable d'agir ainsi avec Verity.

— Tout ce que vous venez de dire n'est donc qu'extravagance et absurdité.

— La jeune fille que vous avez « identifiée » n'était pas Verity. Car Verity est ici, n'est-ce pas ? Elle est dans le jardin. Et je ne pense pas que vous l'ayez étranglée. Je suppose que vous lui avez fait boire du café ou du lait contenant une trop forte dose de somnifère. Puis, quand elle a été morte, vous l'avez transportée dans le jardin, vous avez dégagé les briques effondrées de la serre et vous lui avez aménagé un caveau où vous l'avez enfermée. Ensuite, vous avez planté le polygonum, qui a grandi et a fini par tout recouvrir. Verity est restée ici, vous ne l'avez pas laissée partir...

— Espèce de vieille folle ! Croyez-vous que je vais vous permettre d'aller divulguer cette histoire ?

— Je le crois, oui. Sans en être absolument sûre, toutefois, car vous êtes plus jeune et beaucoup plus forte que moi.

— Encore heureux que vous vous en rendiez compte.

— Et vous n'auriez aucun scrupule, car on s'arrête rarement au premier crime. Je l'ai constaté tout au long de ma vie. Vous avez déjà tué deux jeunes filles : celle que vous aimiez et une autre, toute différente.

— J'ai tué Nora Broad, oui. Une jeune traînée,

une petite putain en herbe. Comment l'avez-vous découvert ?

— D'après ce que je savais de vous, j'étais certaine que vous n'auriez pas pu étrangler et défigurer une enfant pour laquelle vous éprouviez une véritable adoration. Pourtant, à la même époque, avait disparu une autre jeune fille dont le cadavre n'avait apparemment pas été retrouvé. Mais moi, j'étais convaincue qu'il l'avait été. Seulement, on n'avait pas compris qu'il s'agissait de Nora Broad, puisqu'elle portait des vêtements appartenant à Verity, et que le corps avait été identifié par la personne qui connaissait le mieux cette même Verity. Identifié par vous !

— Et pourquoi aurais-je agi de la sorte ?

— Parce que vous vouliez que l'homme qui vous avait enlevé Verity fût condamné pour meurtre. Vous avez donc tué cette pauvre fille, vous lui avez mis un collier et un bracelet appartenant à Verity, vous l'avez habillée avec des vêtements de Verity, vous l'avez défigurée et avez ensuite caché le corps en un lieu où il ne risquait pas d'être découvert avant un certain temps. Enfin, la semaine dernière, vous avez commis un troisième meurtre : celui d'Elizabeth Temple. Vous l'avez tuée parce que vous aviez peur que, rencontrant l'archidiacre Brabazon, elle ne parvînt avec son aide à découvrir la vérité. Ce rocher devait être assez difficile à faire basculer, je suppose. Mais vous êtes robuste, et vous y êtes parvenue.

— Je suis également assez robuste pour me débarrasser de vous.

— Je ne pense pas que vous y arriviez.

— Ah, vous croyez ça, pauvre vieille desséchée !

— Je suis vieille, c'est vrai, et pas très forte. Mais

je suis, à ma façon, la messagère de la Justice.

Clotilde se mit à rire.

— Et qui m'empêchera de vous faire disparaître à votre tour ?

— Mon ange gardien, peut-être.

— Ha ! ha ! Votre ange gardien ? s'écria Clotilde en éclatant à nouveau de rire.

Elle se leva et s'approcha du lit.

— Ou peut-être deux anges gardiens, reprit miss Marple. Mr Rafiel faisait toujours bien les choses.

Elle glissa la main sous son oreiller et en tira un sifflet qu'elle porta à ses lèvres. Un son strident retentit. Aussitôt la porte de la chambre s'ouvrit. Clotilde se retourna vivement pour se trouver en face de miss Barrow. Puis ce fut la porte de la penderie qui fut violemment repoussée, et miss Cooke apparut à son tour. Les deux femmes avaient maintenant un air décidé et professionnel qui contrastait étrangement avec leur attitude habituelle.

— Mes deux anges gardiens, dit miss Marple. Mr Rafiel s'est vraiment mis en frais pour moi.

XXII

MISS MARPLE RACONTE SON HISTOIRE

— Quand avez-vous découvert, demanda le Pr Wanstead, que ces deux femmes étaient des agents chargés de vous protéger ?

— Le dernier soir seulement, répondit la vieille demoiselle. Jusque-là, je n'étais sûre de rien. Miss Cooke était venue à St Mary Mead, et je m'étais aperçue qu'elle n'était pas ce qu'elle prétendait être.

Lorsque, plus tard, je l'ai retrouvée dans le car d'excursions, je ne pouvais savoir *a priori* si elle jouait un rôle de protection ou bien si je devais les considérer, elle et miss Barrow, comme des ennemies. Je n'ai acquis une véritable certitude que le dernier soir, au moment où elle m'a empêchée de boire le café que venait de me servir Clotilde Bradbury-Scott. Ensuite, comme je lui souhaitais une bonne nuit, elle m'a glissé dans la main le sifflet qui devait me servir quelques heures plus tard.

— Je m'étonne que vous n'ayez pas fermé à clé la porte de votre chambre, avant de vous coucher.

— C'était la dernière chose à faire. Il fallait que Clotilde puisse entrer. Je voulais voir ce qu'elle dirait ou ferait, car j'étais à peu près certaine qu'elle viendrait, au bout d'un certain temps, s'assurer que j'avais bu le verre de lait et que j'étais plongée dans un sommeil dont je présume que je ne me serais pas réveillée.

— Aviez-vous aidé miss Cooke à se cacher dans la penderie ?

— Non. J'ai même été fort surprise de l'en voir surgir. Je suppose qu'elle a dû s'y glisser au moment où je me suis rendue aux... euh... à la salle de bains.

— Saviez-vous que les deux femmes se trouvaient dans la maison ?

— Je me doutais qu'elles étaient à proximité, puisqu'elles m'avaient remis un sifflet me permettant de les appeler si c'était nécessaire. Tout de suite après avoir quitté le salon, elles étaient revenues sous prétexte de reprendre une écharpe et un sac à main qu'elles avaient oubliés à dessein, et j'imagine qu'elles ont dû s'arranger, en repartant, pour laisser une des portes-fenêtres entrouverte et pénétrer à

182

nouveau dans la maison pendant que nous montions nous coucher.

— Vous rendez-vous compte que vous avez couru un gros risque, miss Marple ?

— On ne peut traverser la vie sans courir certains risques, professeur.

— A propos, le paquet expédié par miss Anthea contenait bien un pull-over à damiers noirs et rouges. Mais comment aviez-vous pu deviner ?

— C'était relativement simple. Il m'apparaissait comme à peu près certain que si la personne aperçue dans les rochers par Joanna et Emlyn arborait un vêtement aussi voyant, c'était *avec l'intention de le faire remarquer*. Et, en conséquence, il était indispensable qu'il ne soit pas, par la suite, retrouvé chez elle ou dans les environs immédiats. Il fallait s'en débarrasser. Quel meilleur moyen pouvait-on trouver que celui de l'envoyer par la poste à une œuvre de charité ? Après avoir vu Anthea transporter un mystérieux paquet, mon hypothèse s'était confirmée. Il ne me restait plus qu'à aller jouer la comédie au bureau de poste pour essayer de retrouver l'adresse du destinataire.

— A quel moment avez-vous commencé à comprendre ce qui s'était passé il y a dix ans ?

— Au début, la tâche m'a paru presque insurmontable, et j'en voulais un peu à Mr Rafiel de ne pas m'avoir fourni de renseignements plus précis. Mais je reconnais maintenant qu'il avait agi avec une sage prudence et beaucoup de discernement en ne me donnant que des indications fragmentaires et échelonnées dans le temps, en me guidant pour ainsi dire pas à pas.

— Avez-vous soupçonné un des passagers du car d'être mêlé à l'affaire ?

— Pas véritablement. C'est elle — Elizabeth Temple — qui s'est fait connaître. Ce fut alors comme un projecteur trouant l'obscurité dans laquelle je me trouvais jusque-là. Elle me parla des fiançailles de Michael Rafiel avec une jeune fille qu'elle connaissait bien et qui était *morte d'amour*, pour reprendre son expression. Je compris tout d'abord qu'elle s'était suicidée. Je devais apprendre le lendemain que tel n'était pas le cas.

» Puis j'arrivai au Vieux Manoir. Ce séjour avait été, lui aussi, arrangé par Mr Rafiel. Je fus très bien reçue, mais je trouvai aussitôt dans cette demeure une atmosphère étrange. Une atmosphère de crainte, de tristesse, de malheur, légèrement contrebalancée cependant par la présence de Mrs Glynne, femme très agréable qui ne se trouvait pas dans le cadre lui convenant véritablement. M'étant convaincue que les personnages essentiels du drame ne pouvaient se trouver parmi mes compagnons de voyage, je me demandai si l'assassin pourrait être là, dans cette maison. Mon attention fut d'abord attirée par Clotilde, chez qui je décelai aussitôt une forte personnalité. Elle me faisait irrésistiblement penser à Clytemnestre. Sa sœur, Lavinia Glynne, elle, paraissait extrêmement équilibrée et était fort sympathique. Mais j'ai assez d'expérience pour savoir que bien des criminels sont, hélas ! des personnes apparemment charmantes. La troisième sœur, Anthea, était manifestement instable, désaxée, mais elle me semblait surtout avoir peur de quelque chose. Ou de quelqu'un. C'est en sa compagnie que je visitai le jardin pour la première fois. A l'extrémité, se trouvait une sorte de monticule, créé par l'effondrement d'une ancienne serre et recouvert par une plante grimpante appelée polygonum. Anthea paraissait navrée de la destruction de cette serre et, en même temps, effrayée par cette butte dont elle s'éloigna rapidement, comme si elle fuyait.

» Ensuite, ce fut la mort d'Elizabeth Temple. Le témoignage apporté par Joanna Crawford et Emlyn Price ne pouvait laisser de doute dans mon esprit : il s'agissait d'un meurtre. Je crois que c'est à partir de ce moment que je commençai à y voir clair, et je parvins à la conclusion qu'il y avait eu trois crimes. Une fois de plus, je passai en revue ce que je savais du passé de Michael Rafiel. Incontestablement, c'était un garçon peu recommandable, un voleur, une sorte de criminel dans son genre, mais rien ne prouvait — en dépit de l'avis de ses juges — qu'il fût aussi un assassin. L'archidiacre Brabazon, homme d'expérience, m'affirma de son côté que les deux jeunes gens étaient venus lui demander de les marier. Il pensait que ce mariage n'était peut-être pas très sage, mais qu'il se justifiait par l'amour incontestable que Verity et Michael éprouvaient l'un pour l'autre. Le jeune homme avait la ferme intention de changer de conduite, de s'amender et de rester fidèle à la femme qu'il aimait. Certes, Mr Brabazon n'était pas d'un optimisme exagéré. Il n'était pas sûr que cette union serait particulièrement heureuse, mais il la considérait comme nécessaire, parce que lorsqu'on éprouve un amour réel et profond, on est prêt à payer le prix, même si ce prix doit se solder par une déception.

» Quoi qu'il en soit, il y avait une chose dont j'étais déjà certaine : il était absolument impossible que Michael ait défiguré aussi sauvagement le visage de la jeune fille qu'il aimait et se proposait d'épouser. En même temps, je sentais qu'Elizabeth Temple m'avait fourni un indice essentiel lorsqu'elle m'avait dit que l'amour était la cause de la mort de Verity Hunt. « L'amour, le mot le plus effrayant qui soit au monde », avait-elle dit.

» Tout était maintenant parfaitement lumineux. Clotilde éprouvait pour Verity un amour exclusif, un amour... écrasant, oserai-je dire. Mais, à mesure que la jeune fille grandissait, à mesure que se développaient ses instincts de femme, elle souhaitait se dégager de cet amour qui l'étouffait littéralement, échapper à une existence qui ne lui convenait plus et dont elle ne voulait plus. Mais cela, on ne le lui permettait pas, on s'y opposait même fermement. C'est alors que les deux jeunes gens décidèrent de s'adresser à l'archidiacre Brabazon, que Verity connaissait depuis longtemps et en qui elle avait la plus grande confiance. Le mariage fut arrangé, la date fixée. Verity et Michael devaient se retrouver en un endroit convenu. Mais la jeune fille ne vint pas. Clotilde n'avait pas voulu perdre celle qu'elle aimait par-dessus tout : elle garderait Verity. Elle la garderait à sa façon.

— Ses sœurs n'avaient-elles rien soupçonné ?

— Mrs Glynne était encore à l'étranger avec son mari. Mais je crois qu'Anthea avait dû se douter de quelque chose. Cependant, Clotilde ayant commis son premier crime, elle n'avait pas de scrupule à en commettre un second. Elle avait une certaine influence sur Nora Broad, une fille à qui elle avait fait à plusieurs reprises quelques cadeaux. Il lui fut certainement facile de l'emmener à la campagne, à une cinquantaine de kilomètres du village. C'est alors qu'elle commet ce second crime, destiné à faire accuser et condamner Michael Rafiel.

» J'imagine qu'elle a dû ensuite souffrir affreusement, au cours de ces dix longues années. Et je comprends de mieux en mieux les paroles d'Elizabeth Temple. Oui, l'amour est une chose terrible.

— Je suppose que l'on vous a rapporté ce qui s'est passé l'autre nuit, après l'arrivée de vos « anges gardiens ».

— Je me rappelle avoir vu Clotilde s'approcher de ma table de chevet pour se saisir du verre de lait...

— Oui. Et elle l'a bu avant que miss Barrow et miss Cooke aient pu l'en empêcher. Cela vous surprend-il ?

— Non. L'heure était venue pour elle d'échapper à ces souvenirs atroces avec lesquels elle avait dû vivre si longtemps. Je plains Verity, à cause de tout ce qu'elle n'a pas connu : une vie d'amour auprès de l'homme qu'elle avait choisi. Je la plains de tout mon cœur pour tout ce qu'elle n'a pas eu et qu'elle aurait dû avoir. Mais elle a échappé au tourment, à la peur, au mal que Clotilde a subis pendant dix années auprès de ses sœurs qui la soupçonnaient en silence. Et aussi auprès de la jeune fille qu'elle avait voulu garder, qu'elle avait enterrée dans le jardin du Vieux Manoir.

EPILOGUE

— Michael, dit le Pr Wanstead, il faut que je vous présente à miss Marple, qui s'est beaucoup dépensée pour vous et à qui vous devez d'avoir recouvré la liberté.

Le jeune homme, qui avait maintenant trente-deux ans, considéra la vieille demoiselle aux cheveux blancs avec une expression qui laissait transparaître un léger doute.

— Oh oui ! Je... j'en ai entendu parler. Je vous suis très reconnaissant, miss Marple. Vous avez été très bonne de vous donner tant de mal.

— Ce n'est pas à moi que vous devez être reconnaissant, mais à votre père.

— Mon père ? J'ai l'impression qu'il n'a jamais beaucoup pensé à moi.

— Vous vous trompez. Il aimait passionnément la justice, et il était lui-même très juste. Il a terminé la lettre qu'il m'a écrite par la citation suivante :

Que la Justice déferle comme les vagues.
Et la Vertu comme un torrent éternel.

— Oh ! c'est du Shakespeare ?

— Non. C'est extrait de la Bible.

Miss Marple déplia un petit paquet qu'elle tenait dans sa main.

— On m'a remis ceci, dit-elle, en supposant probablement que j'aimerais le conserver en souvenir. Je pense, toutefois, que c'est vous qui y avez droit en premier, si vous le voulez. Mais peut-être ne le voudrez-vous pas...

Elle lui tendit la photographie de Verity Hunt, celle-là même que Clotilde lui avait montrée dans le salon du Vieux Manoir.

Le jeune homme la prit et la regarda longuement. Son visage changea soudain, ses traits s'adoucirent étrangement, puis se durcirent. Miss Marple l'observait en silence. Le Pr Wanstead, de son côté, songeait que le jeune homme traversait en cet instant précis une sorte de crise qui pouvait avoir une influence prépondérante sur toute sa vie future.

Michael poussa un soupir et rendit la photo à miss Marple.

— Vous avez raison, dit-il d'une voix sourde. Je ne la veux pas. Tout cela appartient au passé. Verity est morte, et je ne peux pas la garder avec moi. Ce que j'entreprendrai désormais doit être... neuf. Il faut que je commence une autre vie. Vous... comprenez, n'est-ce pas ?

— Oui, je comprends, et je vous souhaite bonne chance.

Le jeune homme dit au revoir et quitta rapidement la pièce.

— Il ne s'est pas montré très enthousiaste, fit observer le professeur. Il aurait pu, me semble-t-il, vous remercier avec un peu plus de chaleur.

— Je ne m'y attendais pas. Il se serait senti encore plus gêné. Il est très embarrassant, vous savez, de remercier les gens avant de prendre le départ pour une vie nouvelle où l'on va être obligé de tout envisager sous un angle différent. Je crois qu'il pourrait réussir : il n'éprouve pas d'amertume, et c'est là l'essentiel. Je comprends fort bien pourquoi cette jeune fille l'aimait...

— Oui, peut-être marchera-t-il droit, maintenant.

— On peut encore éprouver certains doutes, évidemment, et je ne pourrais affirmer qu'il sera capable de se tirer d'affaire, à moins que... qu'il ne rencontre une gentille jeune fille. C'est ce qu'il faut souhaiter et espérer.

— Ce qui me plaît en vous, déclara le professeur, c'est que vous avez un esprit éminemment pratique.

Les Reines du Crime

Nouvelles venues ou spécialistes incontestées, les grandes dames du roman policier dans leurs meilleures œuvres.

IMPRIMÉ EN FRANCE PAR BRODARD ET TAUPIN
58, rue Jean Bleuzen - Vanves - Usine de La Flèche.
ISBN : 2 - 7024 - 0148 - 1
ISSN : 0768 - 0384

H 31/0326/4